中国少数民族文学发展工程·翻译出版扶持专项（民译汉）

春子的南京

（朝鲜族）金革／著

（汉族）靳煜／译

作家出版社

......

没有任何正式的记录、文本和痕迹
被关在哭哭啼啼的房间里

我们要做的就是
更名改姓
被太多的人踩躏，无法行走，也不得不去做

那就是我们每天重复的事情
钻进"洞"里，钻进"洞"里，钻进"洞"里

我们得到的却是
霍乱、梅毒、结核病、心脏病、抑郁症

留给我们的只有
无法抹去的冲击，没有子女、没有房子的空荡荡的子宫

我们的名字是
慰安妇
......

——节选自在日本大使馆门前举行的集会中，
慰安妇幸存者所吟诵的诗

目 录

第一部

"少爷"自鸣钟

漆着黑色的茶几上摆放着几个茶具。

茶几旁的茶壶里，水快开了。

春子（はるこ）穿着燕子羽毛花纹的和服，跪在茶几前。

在春子的周围，蜷缩着几只猫。

这些猫就像日本的传统版画浮世绘中的那样，一动不动。

水开了，往茶壶里斟满了水。

水珠发出轻快的声音，流到茶壶里。

水声引来小猫好奇的目光。

温壶预热，再将茶壶中的水注入茶杯，温杯后即弃之于退水器中。

将袖口挽起来，用一只手把放在竹筒茶罐里的茶叶倒了出来。

茶杯热了，将水倒一部分，等着茶水煮沸。

无论是人，还是猫，都一动不动。

虽说要消耗很长的时间，但等待的时间并不单调。要根据茶叶和天气状况，调节煮的时间，煮出最适合当天的茶。忙于这一切，根本无暇感到枯燥。

干巴巴的茶叶在茶壶里开始变成青色。

一时之间，房间里氤氲着芬芳馥郁的茶香。香气从铺着榻榻米的地板蔓延到贴着壁纸的墙，又延伸到天棚，并且透过拉门，传到走廊里，无处不在。

端坐在那里的爷爷肩膀动了一下，八字胡仿佛也跟着动了一下。

一只猫直起了身子，用前爪子踩着榻榻米，抻了抻懒腰。

春子打开了壶盖。

茶叶在茶壶里散了开来，春子又把壶盖盖上了。这声音又惊动了猫，它们又把耳朵竖了起来。

用棉毛巾把住茶壶，开始倒茶。

倒茶也有讲究，不能太低，也不能太高，免得水珠溅出来。

淅沥沥。

水声悦耳。

据说陶醉于茶水声也是茶道的一部分。

仿佛懂得茶道，小猫的红耳朵也竖了起来。

春子又拿起了茶壶。

为了避免热气熏到茶壶，春子转换手的方向，把茶杯轻轻放到桌子上。手腕得弯到什么程度，茶杯与茶壶的位置都是有讲究的。想着师傅的教导，春子把茶壶放到爷爷面前。

而后，春子抬眼看了看爷爷。

爷爷用右手大拇指捋了捋胡须。虽说动作有些夸张，但力求庄重，爷爷讲究这个。

爷爷提起了茶壶，茶壶倾斜了。

茶香飘满房间，爷爷品了一口茶。春子笑着看爷爷，嘴角边的酒窝可人。

"呃嗯。"

爷爷发出了满意的呻吟。

"爷爷，我都说过了，喝茶的时候不要出声。"

春子跟爷爷撒起娇来。

"喝茶的时候，姿势要端正，不要直视对方，要低调，要等对方说完话，再去接话，手要平放，喝茶的时候，不能出声。"

春子对学到的茶道如数家珍。

"可是喝了才发现，这茶闻着香，喝起来却不怎么样，春子公主。"

爷爷故意皱着眉，看着孙女。

"这是中国的普洱茶。"

爷爷的胡子在动。

"中国茶？为什么是中国茶？"

"是特地从中国寄来的。"

春子给爷爷看贴有中国商标的茶叶包装纸。

"据说是受到清朝乾隆皇帝青睐的茶，乾隆皇帝是中国皇帝中最为长寿的皇帝。爷爷，我也祝您健康长寿。"

春子跪着，绕茶几一圈，来到爷爷面前。

"虽说看起来有些粗糙，但据说普洱茶能治哮喘。爷爷您不是气管不好吗？您该戒烟了。"

春子噘着嘴，抢下了爷爷的烟袋锅子。

爷爷呵呵笑着，没说什么，只是抱过躺在他脚边的一只猫，抚摸着。

爷爷的房间里有很多猫，足有十几只。

这些小猫都是土生土长的猫，白底黑色斑点，尾巴又短又粗，脑袋是三角形的，大耳朵。

爷爷爱抚地摸着小猫的头，眼神是温柔的；看着春子的眼神同样是温柔的。

爷爷的烟袋锅子看起来就像锤子，经年累月，变得很光滑，就像骨头。虽说磨得已不成样子，但是烟袋锅子上分明刻着字，是两个字，一个是"金"字，另一个磨得掉了几画，已经看不清了。

"烟袋锅子上刻的什么字呀？"

春子看着烟袋锅子上的字，问道。虽说经常看到爷爷叼着烟袋锅子，但是，烟袋锅子上刻着字，春子今天还是第一次看到。

"这个烟袋锅子比你的年龄还大。"

爷爷答非所问。

"我是说字，烟袋锅子上的字。"

"比你妈妈的岁数都大。"

爷爷长舒一口气，说道。仍然是答非所问。

春子双手捧着烟袋锅子，还给了爷爷。

爷爷又叼起了烟袋锅子。由于孙女总念叨，爷爷不敢抽烟，只是叼着空烟袋锅子，过烟瘾。

"爷爷，您真可爱！"

看着爷爷犯了烟瘾，猛吸烟袋锅子，春子不禁哑然失笑。

"今天住一宿再走吧，我的公主殿下！"

爷爷拿下烟袋锅子，一本正经地说道。

"不行，我得回去，功课落得太多了。"

"走得这么急，干吗要回来？"

爷爷的脸沉了下来。

"我都玩了一整天了，还示范了茶道，很开心的，爷爷！"

春子搂着爷爷的脖子，在撒娇。

"我好好学茶道，再来看您。"

春子就像哄小孩似的，在哄爷爷。

春子看着爷爷，想说什么，但终究还是没有说。

"是不是有什么事？"

仿佛读懂了春子的心思，爷爷问道。

"啊，没有，爷爷！"

春子终于忍住都到嘴边的话，为了掩饰，她抱起小猫，用脸颊紧紧地贴着小猫的头。看着小猫圆溜溜的眼睛，春子喃喃道：

"小猫咪，替春子照顾好爷爷。"

脱掉和服，春子换上了平时穿的衣服。

喵！

脚边的猫哭了起来。

"尽管有些苦涩，您也喝吧，这是普洱茶，据说对治疗哮喘好。"

看着爷爷起身送自己，春子再次嘱咐道。

春子能感觉到爷爷像猫一样犀利敏锐的目光一直在目送她。春子走出院子，走出了家门。

摆脱了爷爷的目光，春子赶紧拨打手机，呼叫心上人。

春子看到站在首饰柜台前的他，他足足比一般人高出一头，很显眼，很帅气。

"等久了吧，钟赫君。"

尽管人群熙熙攘攘，游客如潮，但是春子全然不顾，在钟赫的脸上亲了一下，安抚等得焦急的对方。春寒料峭，钟赫的脸很凉，春子用双手给钟赫捂热。

"爷爷高兴不？"

钟赫先问了爷爷的反应。

"嗯。"

春子捧着钟赫的脸颊，嗫嚅着说。

声音就像是从舌头下面发出来的，非常细小。

"说了咱俩的事儿吗？"

"还没……"

春子的声音更小了。

"我出来得匆忙，爷爷有些伤感，我真不孝。"

春子有些提不起兴致。

"咱们去温泉吧，由你带路。"

看着春子的脸色，钟赫赶紧转了话题。

钟赫来自中国边陲延边的最高学府，在日本最高学府东京大学留学，是文学系博士生，春子是同系的后辈。

很符合文学系学子的身份，二人的相遇颇为浪漫。

钟赫早已过了而立之年，却是只知道读死书的"书呆子"，而春子只比他小一岁，也算是老姑娘，还是春子先抛来了橄榄枝。

在大学校园的荷花池边，钟赫第一次遇见了春子。

那一天，钟赫在荷花池边发呆。秋意渐浓，水面上漂着散落的银杏树叶。枯黄的树叶仿佛在进行水葬，慢慢漂浮在荷花池上。由于树叶凄凉地离开，美丽了一个夏季的池子显得有些狼狈。

这个荷花池的名字叫"三四郎"，名字源自被誉为"日本国民大作家"的夏目漱石的小说《三四郎》。

金钟赫的硕士学位论文是有关中国文豪鲁迅和"日本国民大作家"的夏目漱石的比较研究。来到东京大学后，钟赫仍然在从事对夏目漱石的研究。

钟赫深深地痴迷于这位由日本媒体评选出来的"千年来日本人最喜爱作家"榜首的夏目漱石。

钟赫经常光顾这个荷花池。有时候坐在池子旁边的岩石上看书，有时候则沿着荷花池散步。来日本留学已经有两年了，可是，钟赫依然对荷花池情有独钟。

"您掉什么东西了吗？"

钟赫正在望着荷花池发呆，有人好像在轻轻拍他的后背，问他。

钟赫慢慢地转过身子，胸前捧着书的女学生看着他，疑惑地问道。

"您该不会是掉手机了吧？"

"没有，我只是在冥……冥想。"

因为冷不丁被人问到，钟赫变得有些吞吞吐吐起来。

"我看您就那么一直呆呆地看着池子……"

女孩觉得有些尴尬，赶紧缩了缩脖子。

"那您继续冥想吧。"

女孩说了这么一句。

"这个荷花池是夏目漱石小说里出现的荷花池。"

"是吗？谢谢您。"

钟赫也冲她打了招呼。

这个女学生的气质很符合这所学校的古典风格。尽管现在学生不怎么爱穿校服，但是在过去，古典风格的校服是这所学校一道独特的风景。当清汤挂面似的长发随秋风摇曳，春子的面容就像百合一样白皙。还有，脸颊上的酒窝令人印象深刻。嘴角边可爱的酒窝十分吸引人。

风不期而至，女孩的校服肩上落了一片银杏树叶。钟赫突然就有一种想伸出手来，拂去树叶的冲动。直到女孩消失在朱红色的校门时，这种冲动还在。看了一眼，感觉春子捧着的书的封面是夏目漱石的小说《草枕》。

不知为什么，钟赫愿意相信那是《草枕》。

作品讲述一个青年画工为逃避现实世界，远离闹市隐居山村，追寻"非人情"美感而经历的一段旅程，其实这也是徘徊在东西方文化之间的夏目漱石本人的写照。钟赫在读《草枕》时，觉得这与来日本留学的自己的处境有些类似。

一想到自己对初次见面的女学生想入非非，钟赫不免懊恼地捶起了自己的脑袋：

"在异国他乡求学，莫非得了神经衰弱吗？"

接过飘下来的银杏树叶，钟赫嘟囔道。

据说《草枕》就是夏目漱石患神经衰弱时创作的作品。

很快，他们又见面了。

在学校正门赤门附近，同样是一家名为"赤门"的拉面馆。

赤门已成为东京大学的象征，东京大学的赤门建于文政十年（1827 年），为加贺藩第 13 代藩主前田齐泰迎娶第 11 代将军德川家齐的第 21 女——溶姬时所建，作为贺藩在江户的上屋敷的守殿门。钟赫进入这所名牌大学的心情，就如同新嫁娘的心情。

钟赫喜欢吃"赤门"拉面。就日食来说，这种拉面味道可口，且面向学生，价格也便宜，只需三百日元。

家乡人喜食辣，钟赫也不例外，而这种"赤门"拉面无论是味道，还是价格，都让钟赫满意，对他来说具有极大的诱惑力。况且，他也不太了解日食料理，也只好反复光顾于此。

秋风萧瑟，吃一碗热腾腾的拉面的确不失为上佳选择。也许因此，拉面馆里顾客盈门。等了半天，靠门的地方才有了空位置。

"啊，您是刚才在三四郎湖边见过的……"

笑眯眯地进入拉面馆的那位小姐冲着钟赫在打招呼，钟赫正要把面往嘴里送，仓皇地应了一下。女孩的酒窝很深，笑成了一朵花。

拉面馆人满为患，只有八张桌子，有些学生不愿意和陌生人拼桌，就在窗台上吃。

没想到，那位小姐捧着拉面，径自来到钟赫面前。

"我能坐下吗？"

小姐很大方，钟赫不由自主地点点头。

"请，请坐！"

钟赫对于春子的第一印象是"淡淡的忧伤和无法掩饰的快乐的统一体"。钟赫认为夏目漱石小说中的人物描写也适用于这位小姐。

"我是文学系的金钟赫。"

两人面对面吃完拉面，钟赫鼓起勇气做了自我介绍。

"真巧，我们是同一系，我叫春子。"

春子轻轻地拂起散落到耳边的头发，郑重地打着招呼。

钟赫也直起身，行了礼。

"我是下一年级，您不用那么客气！"

春子？

钟赫的脑海里浮现出和春子有着相同名字的另一个人，不过也只是一刹那，很快就消失了。

听说钟赫是来自中国的朝鲜族，春子很是吃惊。

"啊？"

春子发出日本人特有的感叹词，感叹道。

"前辈，您真了不起！"

春子说自己来自松山。

"啊？"

这回轮到钟赫模仿她的语气，发出了感叹。

"是夏目漱石小说《少爷》里的那个地方吧？是有着日本三大温泉之一道后温泉的地方吧？"

松山是夏目漱石代表作小说《少爷》发生的舞台。

"您知道得真多。"春子笑着说道，"松山市道后温泉。"

间或加重语气的时候，酒窝更明显。在家乡地名加重语气的时候，分明透着对故乡的自豪感。钟赫失神地望着那酒窝，突然觉得有些失态。

"听说那里的'少爷'自鸣钟也很有名？"

"您怎么对别人的故乡那么了解？"

春子的眼神充满了好奇。

"我是夏目漱石的粉丝，专业也是关于这方面的研究……"

"哇，您真了不起！"

"我的研究课题是关于夏目漱石和鲁迅的比较。"

春子将舀汤的勺子含在嘴里，说道：

"我也喜欢夏目漱石。夏目漱石的作品中，我最喜欢《我是猫》。"

钟赫为双方的对话这么一致感到吃惊。

"这部作品是以一位穷教师家的猫为主人公，以这只被拟人化的猫的视角来观察人类的心理。尽管是早期作品，但已经达到了相当高的境地。"

"我读得不那么透，只是泛泛地读……"

钟赫放下筷子，等着春子回答。

"因为喜欢猫，所以才读的。"

春子忍不住咯咯笑了起来，清汤挂面似的头发耷拉到胸前，来回跳动。

"我从小就养猫，养了很多。"

"很多？有多少？"

"您别吃惊，足有十二只。"

"啊？"

钟赫不能不吃惊。

"因为爷爷喜欢猫。"

钟赫的脑海里浮现出另一个喜欢猫的人的身影。

"我们家养的猫全是土生土长的日本猫。"

一提到猫，春子就很开心。

"这种猫，是日本 Japanese 加 bobtail。"

春子在一个字一个字解释着英语字母，酒窝仿佛也在动。

"是 CFA——国际爱猫者协会认可的猫，尾巴短粗，耳朵大……我们邻居都不叫 bobtail，而是叫招财猫。您见过商场里售卖的抖动前腿的猫玩具吧？这里也有啊！"

春子指着放在收银台前的玩具。这种玩具是放电池的，它正在向着顾客不停地摆动着前腿。

"我们家乡人都认为它会带来幸运。"

春子模仿着小猫玩具的动作，开心地笑了，就如同用勺子敲打拉面碗边的那种轻快的笑声。

"我也读了一些鲁迅的小说。"

仿佛被钟赫的真诚所感染，春子也言归正传。

"都读了哪些小说？"

钟赫急着问，春子歪着脑袋想了想。

"嗯……那个扎辫子的男人……"

这回轮到钟赫笑了。

"鲁迅小说的主人公都是辫发，辫发是当时的风俗。"

春子的脸红了。她一个劲地用筷子搅动着拉面，陷入了沉思。犹豫着，她开了口：

"就是那个……经常到酒馆赊账的男人……这个故事。"

"您是说孔乙己吗？"

"对，就是孔乙己！"

春子发出了欢呼声，引得大家的目光都转向他们。

春子脸红到了脖子根，为了缓解尴尬的气氛，钟赫开玩笑地说道：

"显然这家拉面馆是不会赊账的吧？"

"那是，否则，老板娘会大发雷霆的。"

春子缩着脖子，哑然失笑。

"夏目漱石的文学之所以得到高度评价，就在于其揭示了社会越是不稳，人类越要关注自身的内心世界，反省，思考生存价值。"

钟赫一边搅动着拉面，一边认真地讲解起自己从事的研究课题。钟赫总是那么认真。春子放下筷子，认真地倾听。

"……而且鲁迅洞察到的，力图要改变的贯穿于整个社会的矛盾现在仍然在重复。这样看来，两位作家很早就关注人类内心世界的矛盾和纠葛，这正是他们文学的魅力所在。"

"太了不起了！"

春子不住地点头。

"去看一次'少爷'自鸣钟是我的愿望。"

因为话题太过沉重，钟赫转了话题。

"那什么时候一起去吧。"

春子毫不犹豫地说道，而钟赫听了"一起"，则脸红了。

"鲁迅的小说还有哪些？您能否给推荐一下……我很想读一些。"

春子兴致勃勃地说道。

"很多，代表作是《阿Q正传》。此外还有随笔、杂文。既然是研究课题，我也备了日文版，几乎可以说很齐全。"

"我可以借去看吗？"

钟赫用力点了点头。

"那说好了啊，今天的面钱由我来付！"

春子从钱包里掏出了钱。

"不，还是我来吧……"

钟赫刚要起身，春子看着掏出来的一千日元笑了。

"我带的钱多。"

将纸币展平，放到钟赫面前。

"这也是夏目漱石。"

一千日元纸币上印的就是夏目漱石的肖像。

还没等钟赫拦着，春子已经径直走到收银台前结账。

"男朋友吧?"

收银台前的老板娘笑着问道。

"不是!"

春子不住地摇头。

"既然不是男朋友，你为什么要抢着付钱?"

老板娘的声音很大，整个拉面馆里都能听到。春子脸涨得通红，
赶紧解释:

"我以后再也不来'赤门'拉面馆了。"

"嗯，有了男朋友，就得去更好的地方，吃更好的。"

老板娘一直在打趣，春子脸涨得通红，跑了出来。

稍后，春子的酒窝再次出现在拉面馆的窗户上。她把脸紧贴在
窗户上，就像那可爱的招财猫，在和钟赫说再见。

尽管面早已凉了，但是钟赫吃得津津有味，连汤都喝光了。

后来，春子多次找到钟赫，借去了鲁迅的《阿Q正传》《药》
《狂人日记》和《故乡》。二人还一起阅读夏目漱石的《我是猫》
《门》和《草枕》。

在三四郎荷花池旁，银杏叶子绿了又黄，黄了又绿;钟赫和春
子也变得如胶似漆。

夏目漱石成为共同的话题，连接起二人;二人都喜欢的招财猫
给他们带来了幸运。后来随着钟赫对日本文化的了解，钟赫才知道，
在日本，女的不主动付餐费。如果女的主动付餐费，男的会很没面

子。顾及对方的面子是日本的礼仪和文化。

当初说好的要上"少爷"自鸣钟去看看的愿望直到四年后，钟赫顺利完成了博士学位论文，才得以成行。

"给爷爷示范了茶道吗？"

钟赫搂着春子的肩膀，问道。

"嗯，爷爷可高兴了！"

"身体怎么样？"

"还好吧，爷爷一直患有哮喘，天气逐渐好了，身体也见好了。"

"能外出吗？"

"当然了。"

二人的话题完全转到爷爷身上。

随着与春子关系的日益密切，钟赫发现春子很愿意谈到爷爷。不是愿意谈的程度，而是几乎句句离不开爷爷。

看起来，春子似乎愿意谈夏目漱石和招财猫，而实际上，谈爷爷谈得更多，几乎没有一天不提到爷爷。春子提到的爷爷的故事近乎神话。

据说老人的身高超过一米八。

已是耄耋之年，仍然骑自行车外出。

而且还很有酒量，能喝二斤日本白酒。

据说在温泉，曾经一拳打倒过三个耍酒疯的酒鬼。

爷爷经营一家陶瓷厂，可以一个胳膊夹一个陶瓷包装箱，轻轻松松上楼，毫不费劲。

在春子的嘴里，爷爷就像日本幕府时代的武将，但是据说爷爷特别疼爱春子。

从小，春子就被爷爷叫作"温泉公主"。

有一次，钟赫看着像彩虹一样出现又消失、有着美丽酒窝的春子问道：

"你这么漂亮的公主，怎么会爱上来自中国的留学生？"

长得漂亮的名牌大学毕业生之所以不好解决个人问题，也怪封建家长制，干涉过多。

但是春子的回答却很简单，这让钟赫很吃惊。

因为爷爷，爷爷个性强，成为她婚姻道路上的绊脚石。

有几次领男朋友见过爷爷，但是由于爷爷刨根问底，比考官还严厉，男孩子们都打了退堂鼓。

也不能因此无视家族德高望重的长者，何况还是那么疼爱自己的爷爷，也不能不带男朋友让他过目。

但是爷爷越来越过分，不是挑剔别门不当户不对，就是嫌学历不够高、语言不规范、夹杂着方言、和我孙女不般配，等等。

最后一位男朋友因为染发就让爷爷看不顺眼，后来尽管又把头发染回了黑色，但是仍然无法改变爷爷的成见。

后来有一次，在学校正门"赤门"，春子和男朋友挎着胳膊出来，有人像一座大铁塔似的挡住了去路。当时，春子吓得魂都要飞了。没想到爷爷不顾年迈，来到东京，像一堵墙一样挡在了二人面前。

"哇，好可怕，就跟黑道老大似的！"

男朋友在同春子分手时，这样说春子的爷爷。

听了春子的话，钟赫觉得春子那种"无法掩饰的欢快"和"淡淡的忧伤"兼并的性格是否遗传自爷爷？

也正因爷爷这样，本来春子今天去看爷爷，是想坦白二人之间的关系的，但是真正同爷爷待了一天，春子却没勇气，优柔寡断了。而在外面等待的钟赫内心的纠结丝毫不亚于春子。

春子看着钟赫。

"我给爷爷煮了钟赫君给的普洱茶。"

"爷爷说茶好喝吗?"

"他说茶叶有些苦涩。"

想到爷爷好玩的胡子,春子甜甜地笑了。

"不过爷爷还是高度评价了我的茶道手艺。"

春子在学校附近的文化院勤工俭学,为茶道的魅力所深深折服。

文化院不仅传授茶道,而且还经营图书馆,可凭会员证借阅图书,还进行音乐、美术等艺术活动。

春子之所以学习茶道,一是为了修炼,还有这是最近年轻人的时尚,但更有着另外的原因。

因为爷爷喜欢收藏茶具,更喜欢品茗。

深深陶醉于茶道的春子将自己所学传授给了钟赫。

"人类为了解渴,为了解决自己这一生理需求,就得喝水,喝可口的饮料,但是,日本人在喝茶的过程中,不只停留于回味其味,而是严格制定品茗的顺序和待客方式、茶具的制作方式等,并且为茶道的每一道程序赋予了内涵。"

春子在解释着茶道的真谛。

"要精心烧火,煮水,煮出美味可口的茶,虽说这是平凡的日常生活,但是对于这种平凡的日常行为,也需用心来做,我们的祖先将其升华为道,叫茶道。虔诚地品茗,心就会放下来,认识到周围他人存在的重要性,进而变成平和心,形成日本的精神——和。"

春子深深陶醉于作为共同礼仪一种的传统技巧。看着恋人专注于一件事,钟赫觉得春子很可靠。

"其实日本的茶道源自中国的留学僧侣。"

有一天,从文化院回来后,春子又像悟到了新的东西,同钟赫说道：

"日本的茶道源自 12 世纪中国的留学僧侣荣西禅师，体现了中国的禅宗精神。

"千利休家的后人形成了日本茶道的主流流派。千利休的第二位夫人带来的儿子'少庵'的三个儿子形成了'三千家'，也就是说，千利休的养子的三个孙子继承了家业。

"第一个孙子形成了'表千家'，第二个孙子形成了'武者小路千家'，第三个孙子形成了'里千家'的流派……"

"哎呀，喝杯茶这么麻烦，我干脆来杯咖啡好了！"

一直认真听的钟赫也变得不耐烦，打断了春子的话。

春子不好意思地笑了，按照钟赫的要求，给冲了速溶咖啡。

虽说冲了咖啡，可是春子仍然在讲着茶道。

钟赫喝咖啡，春子喝绿茶，二人的对话仍然在继续。

"日本的文化不喜张扬，一切事情都要按部就班，不喜欢摆脱形式。一切文化进入日本，都被正确计量，形式化，没有丝毫的破格，这就是日本文化的典型特征。也正因此，从中国传来的茶精神在日本形成了茶道。"

放下咖啡杯，钟赫接过话头：

"我们不一样，中国文化的典型特征是离不开实际生活。不占有特别的空间和时间是中国文化的典型特征之一，去中国农村，你会看到在马路旁端着饭碗吃饭的人们，虽说也喝茶，但没有那么多繁文缛节。

"我们朝鲜族又不一样，在日常生活中，不像汉族那样喜欢喝茶。现在的年轻人喜欢喝咖啡和可乐等西方饮料。我觉得饮食习惯无法脱离实际生活，它不是高高在上。如果拘泥于复杂的形式，看不到真正的本质，岂不贻笑大方？"

"钟赫君是不是在取笑我呀？说我不懂装懂？"

"没有，我没那个意思，你不知道，深深陶醉于茶道的春子多有魅力。"

钟赫一把搂过春子，亲了亲她的酒窝。

尽管二人时不时会有文化的冲突和差异，但他们深爱着彼此。

从爷爷家到温泉站挺远。二人一直在谈爷爷，连电车也没坐，走着来到了温泉站。

可以说，道后温泉是松山的象征。夏目漱石在《少爷》中写道："尽管松山不及东京的一个脚指头，但是温泉却很有名。"这是有着三千年悠久历史的温泉。由于天皇也曾光顾过，被称为"皇室温泉"。据说诗人和画家也经常光顾此地。

"据说一只受伤的白鹭将受伤的身子浸泡在岩石缝里冒出来的泉水里，就痊愈了。从此，这里的温泉开始受到世人的青睐。"

在松山站乘坐早班黄色电车来到爷爷家附近时，春子一直在讲家乡的传说。这里的传说也那么美丽。

在黛色的房顶林立的雄壮建筑物中间，土特产店和餐饮店鳞次栉比。

路旁有很多海鲜料理店和乌冬面馆。在乌冬面馆前，游客们排起了长龙。工艺品店，也有很多人光顾。

这里坐落着很多宾馆和旅店，由此可以看出这里是知名的旅游名胜，处处散发着古色古韵。

在小吃摊前，小说主人公喜欢吃的"少爷面团"令人馋涎欲滴。

吃过"少爷面团"，春子又买了馅饼。她捏下一片，放到了钟赫嘴里。这种馅饼是小豆馅的，非常可口。味道甜甜的，在嘴里回味无穷。

"这种馅饼，据说连松山的领主都亲自学习其制作方法……怎么样？好吃吧？"

春子在认真地、滔滔不绝地讲着这种馅饼的由来，并且不时地在问钟赫。钟赫塞了一嘴，不住地点头。春子觉得好笑，不觉咯咯咯笑出了声。春子还将蹭在钟赫嘴角的馅饼屑放到了自己嘴里。

嚼着馅饼逛街，整整一上午心里七上八下的二人逐渐平复了心情。

为了看钟塔，二人买了稍微晚些时候的返程火车票。为了在早晨早点见到爷爷，尽管路过钟塔前，却也没有顾上停下来看一眼。二人一直为见到爷爷后说什么而忐忑不安，所以根本不可能放松。

走在市区，处处可见明治时代的痕迹，知名作家画家留下的痕迹，是有着文化底蕴的地方。这里同样也是有着"淡淡的忧伤和无法掩藏的快乐"的女人，钟赫的心上人春子的出生地。

钟赫心情好，紧紧地搂住了春子的肩膀。

钟塔出现在夏目漱石的小说《少爷》中。《少爷》的创作基于作家一年来在松山中学当英语老师的经验和自己儿时的体验，属于成长小说。小说栩栩如生地描绘了明治时代松山街道和人们的生活。

据说这个自鸣钟一到整点，就冒出夏目漱石小说主人公玩偶。出现在知名作家小说中的这一自鸣钟同道后温泉一样，成为松山的名胜。

钟赫迫不及待地前往道后温泉。与其说喜欢泡温泉，不如说想找寻夏目漱石和小说主人公"少爷"每天拿着红毛巾光顾的道后温泉，寻找那个时代和作品的痕迹。

在道后温泉本馆前，有着白鹭飞翔、跃跃欲试形象的砖瓦房顶。

"这是文化遗产。这座建筑作为公共浴池，首次被指定为国家的重要文化遗产。"

春子欣然担任起导游。

为了纪念道后温泉本馆成立一百周年，二十年前建了"少爷"钟塔，这里的人流最多。

在钟塔周围，有很多穿着木屐，扮成小说人物，撑着洋伞，走来走去的模特。以钟塔为背景，他们忙着和游客合影留念。

他们都在焦急地看着手机和手表，人们都站在据说斥资十亿日元建成的精致的自鸣钟前，等待"少爷"中人物登场的时间。

自鸣钟旁边，有着像泉眼的地方。

这里写着"放生园"的字样，是足浴温泉塘，据说使用了明治时代大型锅里的温泉水。在这里，很多人坐在圆形的椅子上，将脚泡在热水里。

"我们也来泡脚吧！"

春子来拽钟赫的手。春子把头倚在钟赫的肩膀上，喃喃低语道。

"足浴是免费的。"

二人把脚泡在了浴池里。

泡在地热氤氲的池子里，春子的脚就像竹笋一样白。钟赫认为春子的脚很美。

钟赫与春子并肩坐着，享受足浴带来的快乐。用热水泡脚，疲惫和烦恼仿佛烟消云散了。

一边泡脚，钟赫还一边看着手表。他不时转头，望向自鸣钟。

两点五十四分，再坚持一会儿就可以了。

这时钟赫感觉到肩膀上像放了什么东西。与其说放了什么东西，不如说肩膀挨了一拳。刹那间，疼痛袭来。

怪不得感觉是沉重的东西，原来甩来的是拐杖。

钟赫大吃一惊，回头一看，原来是一位老人站在身后。

老人身着威风凛凛的黑色和服，穿着白色布袜。在一群身着休闲打扮的游客中，唯独老人穿戴那么正式，显得有些另类，有距离。

老人眼皮底下的眼袋显得那么深邃明显。老人身材魁梧，举起拐杖，指着钟赫，几乎触到了钟赫的鼻子。老人的白胡须因愤怒而抖动。老人用洪亮的声音说道：

"你这家伙到底是干什么的？"

如同摄像机的长焦距，老人突然出现在钟赫面前，"噢"地大叫一声，还没等钟赫反应过来，突兀地回了一句：

"我，我是来旅游的学生。"

老人又把拐杖指向春子。

"你们是什么关系？"

也不知道听没听清钟赫在说什么，老人又问道：

"你们是什么关系，并排坐着，打情骂俏？"

"我们是恋人。"

尽管慌张，可是，钟赫还是表明了二人之间的关系。由于老人的问话十分无理，钟赫带着逆反心理，回答得更加干脆。

"你说什么？"

老人的脸色大变。老人紧咬牙齿，下巴的肌肉颤抖得厉害。

老人被激怒了，又举起了拐杖，狠狠地抽打着钟赫。钟赫抬起胳膊想阻挡，春子跑了出来，用手把拐杖挡了下来。

二人之间展开了拉锯战。

来不及穿上鞋光着脚的女大学生和身着传统和服的老人一人拽着一头拐杖，就像是在拔河，游客们纷纷驻足观看。

"好了，爷爷，到此为止吧！"

春子尖叫道。

"什么？爷爷？"

钟赫眼睛瞪得溜圆。

直到这时，钟赫才发现，眼前的老人身材魁梧，两道眉毛如同寺庙两侧的门神一样上扬，令人不寒而栗。

原来，春子一直不离口，如同"传说"般的爷爷就在眼前。

钟赫连鞋也顾不上穿，就跳出足浴池，向着爷爷行礼。他吞吞吐吐地开了口：

"爷爷，您好！"

老人放下了拐杖。

"对不起，我有眼不识泰山。请允许我自我介绍，我是东京大学文学系学生金钟赫。"

老人双手紧握拐杖，喘着粗气，环顾四周。老人冷冷地看着围观的人们。爷爷的胡须和眉毛一直在抖动。

"你们是来看热闹的吗？道后温泉的风景挺多，不要在这儿围观。"

老人突然大吼，游客们吓得纷纷散去。

爷爷抬起大拇指，把胡须捋到两边。

"刚才，你说你是谁？"

老人又问道。

"就读于东京大学文学系的中国留学生金钟赫。"

钟赫重复了一下自己的名字和学号及身份。仿佛就像是站在前辈面前接受体罚的新生。

"这个我已经知道了，你和春子是什么关系？"

钟赫瞅了瞅春子，春子的脸像纸一样苍白。

"爷爷，天冷，咱们上茶座聊吧。"

春子挽着爷爷的胳膊，恳求道。爷爷甩开了孙女的手。由于力量过大，春子踉跄了一下。

"你说你和春子是什么关系？"

"恋人。"

虽说有些犹豫，但钟赫还是抬高声音，清晰地说道。

"恋人？"

爷爷的八字胡须抖动得厉害。

"谁批准了？"

爷爷再一次怒吼，发泄着愤怒。爷爷洪亮的声音回荡在站前广场。人们其实并没有退多远，站在不远处，注视着这一幕。

钟赫瞬间失去了抗辩的能力。在充满理由的提问面前，钟赫不知该如何辩解。

"你着急忙慌地告别，就是为了这家伙？"

爷爷这次冲着春子问道。

"象征性地见完你这个爷爷和小猫，着急忙慌赶回去，原来就是为了这个家伙？"

爷爷的胡须因愤怒而抖动，追问道。

"爷爷，不是你想的那样。我本打算让他和您见面……"

春子急着解释道，仿佛是舌尖下凸出来的声音，听不太清。

爷爷的目光分明是在等待一个明确的答案，浑浊的目光满是遗憾。

"好吧，就算是这样。"

爷爷再次问道。

"你刚刚说来自哪里？"

难以压抑愤怒，老人不停地用大拇指捋着胡须，问道。

"来自中国。"

老人的胡须再次抖动了一下。

"那么说，你是支那人？"

钟赫猛地抬起头，瞅着爷爷。他为老人贬低中国人而感到吃惊。尽管爷爷的表情有些可怕，但是，钟赫仍然清楚地说道：

"是的，来自中国。"

老人举起拐杖，"咣"的一下，猛砸了一下地。

嗯哼！老人又咽了一下痰。

老人猛地转过身，和服的一角飞扬。

老人头也不回，不知是在冲着春子还是钟赫说道：

"就当没这回事吧！"

老人用拐杖用力地敲打着地面，器宇轩昂地走了。

春子瞅着钟赫，那副表情分明就是马上要哭出来。随即，春子又将目光转向挥舞着和服衣角、气冲冲地走远的爷爷，喊道：

"爷爷！"

春子在叫爷爷，带着哭声。可是，爷爷连头也没回。

春子光着脚，着急忙慌地去追爷爷。

直到这时，钟赫才在温泉找到自己的鞋。由于某种挫败感，连袜子也没穿，直接就穿上了鞋。随后，他又找到春子的鞋，追了出去。

当！

刚迈出一步，头顶上就传来钟声。

钟声回荡在广场，人们发出了欢呼声。

钟赫猛地转过头来。

"少爷"自鸣钟仿佛在告诉人们时间。

春天的证言

故乡，真的是久违了。

尽管学业繁重，可是，钟赫刚刚出国那阵子，每年都会利用假期回来一次，但是自从准备学位论文，钟赫已经有三年没有回来探亲了。

飞机抵达延吉机场，下飞机后，钟赫叫了一辆停在机场广场上的出租车。

"您知道鹿沟吧，去那里。"

钟赫没有选择回市区的家里，而是花巨额车费，打的去鹿沟的奶奶家。

车子进入市区，钟赫让出租车司机先停下车，自己则进入道旁的超市，随后，钟赫捧着两条烟走出了超市。

"钟赫君，您这是要做什么？"

春子急忙问道。

"您想抽烟了吗？"

因为春子天天唠叨，钟赫早就把烟戒了。都说烟难戒，可是，爱情的力量太过强大，钟赫还是戒掉了。

钟赫把烟放进了行李箱里。

"不是我抽，我是要送人。"

"您不会是因为回到自己的家乡就想随心所欲吧？连烟都想抽？"

春子担心地看着钟赫。

"不是，我真要送人。"

钟赫宠溺地看着表达不满的春子。

二人之间的恋情就像三四郎荷花池一样，在学友之间闻名遐迩，也让他们心生羡慕和嫉妒。

日前在异国他乡，钟赫过了自己的生日，并且再次确信了春子对自己的那份深深的爱。

连钟赫自己都差点把生日给忘了，春子却记得清清楚楚，给钟赫过了生日。

春子订了不错的饭店，还给钟赫预订了刻有自己名字字母的手机壳。

寿宴上还有特别的食物。

是红色小豆饭。

"您尝尝。"

春子把勺子递给钟赫，热情地劝道。

"您尝尝，今天必须得吃，这是过生日必须要吃的东西。"

钟赫吃了一口，又黏又甜。

如果说朝鲜族过生日喝海带汤，日本人过生日就一定会吃大豆饭。

"这是赤饭。"

春子笑眯眯地看着钟赫在享用美食，给钟赫讲了赤饭的由来。

"在我们日本，每逢有孩子出生或者结婚等喜事时，就一定会吃'赤饭'……"

春子压低了声音，喃喃自语。

"女孩子来初潮的时候，父母也会给她们吃'赤饭'，既有表明成人的意思，也有告诉家人的含义。这是重要的日子必吃的食物。"

美味可口的食物、称心如意的礼物，这还不是全部。

喝了酒、吃了冰淇淋，又接吻后，春子为钟赫准备的惊喜仍在持续。

这一次，春子拿出来一本书。

是夏目漱石的《少爷》。钟赫原以为春子要给他赠书。春子慢慢地打开了书，并且清晰地念出其中的一个片段。

　　红衬衫笑话我的理由也许就在于我的单纯。

　　如果说单纯和诚实会招来嘲笑，那也无可奈何。

　　喜代绝对没有嘲笑，反而感动到倾听。

　　喜代是比红衬衫好得多的人……

钟赫不免有些瞠目结舌。为了准备学位论文，钟赫已经读了不下几十次《少爷》，几乎麻木到不会再被感动。但是，令钟赫感到吃惊的是，春子在用朝鲜语念这一片段，而且在停顿、词尾方面没有丝毫的错误。

"春子真了不起，太了不起了，春子!"

反倒是钟赫用日语连连发出啧啧赞叹。

"今晚，就让我们约定用朝鲜语对话吧。如果谁不小心说了日语，就要挨罚。"

春子放下书，提出了有趣的建议。

春子说为了给钟赫惊喜，自己学了朝鲜语。文化院里学习茶道的学员中有来自韩国的留学生，春子和这个孩子学了三个月的朝鲜语。而钟赫竟然一点没有看出蛛丝马迹，不免发自内心地由衷赞叹。

"既然交了朝鲜族男朋友，如果真心相爱，就应该从语言开始沟通，不是吗?"

春子扑到钟赫的怀里，念叨。

钟赫抑制不住内心的感动，紧紧地抱住了春子。

"疼。"

春子冷不丁冒出一句日语。

"什么？疼？来，罚酒（日语）。"

"什么？罚酒（日语）？钟赫君也得挨罚。"

二人在对方杯子里倒满果酒，互相罚酒。

咣嘟嘟！

酒杯碰到了一起。

尽管是罚酒，但喝起来也还是甜的。

春季放假，钟赫领着心爱的日本女朋友头一次坐上回故乡的火车，但是，钟赫的内心是忐忑不安的。

上一次在温泉，与爷爷不期而遇，结局是不快的。那一天，春子光着脚去追爷爷，恳求爷爷同意她和钟赫交往，可是，爷爷终究没有同意，春子只好哭着走了回来。当时，钟赫给春子冰凉的双脚穿上鞋，钟赫的心也变得冰凉。

而身在中国老家的奶奶是他们要翻越的另一座山。

钟赫的奶奶生于1920年庚申年，已经年逾九旬。

"嗯？已经九十三了，比我爷爷大将近十岁呢。"

"虽说年事已高，但是身体硬朗，还可以顶着包袱赶路。"

"九十三，真是无法想象。"

"九十岁叫卒寿，也叫冻梨。之所以叫冻梨，是因为人老了，就会像冻梨一样脸上长斑，在我们老家，冬天，大家都愿意吃冻梨。"

"哦，是吗？"

"春子吃过冻梨吧？"

"嗯。"

"我奶奶就和冻梨一样。她心地善良，但是同大多数老人一样，表面和想法就和冻梨的皮一样粗糙。"

钟赫的母亲一直在妇联做妇女工作，在奔四十的年龄才生下钟赫。但是，由于母亲忙于工作，无暇照顾家里，钟赫是在奶奶的背上长大的。一直到上小学，钟赫一直生长在鹿沟，母亲来领他的时候，钟赫逃到了玉米地。看到夕阳西下，想到马上要和奶奶分离，钟赫难过地哭了。

搬到市区后，钟赫就翘首等待放假。因为一放假，钟赫就可以上鹿沟，见到奶奶了。

钟赫一放假，奶奶就会弓着腰，站在村口等钟赫，村口无异于村子的客车站，每三天才有一趟客车，奶奶就那样等着。

钟赫一来，奶奶就会一刻不停地忙。奶奶会掀起裙子，摸索内衣口袋，像变魔术似的，找出橘子瓣糖等，还会把和村里老奶奶们玩画图赢的钱递给钟赫。有时候，还会翻筐，掏出鸡刚刚下过的蛋，给钟赫煮鸡蛋。

此外，奶奶还用稻草抹布抹上灶坑里的灰，给盆擦得干干净净。奶奶还用力打着井水，把水倒到盆里，把钟赫的少先队队服也洗得干干净净。

奶奶身体强壮，偶尔也会骂人，但是，钟赫就是喜欢奶奶。

奶奶非常爱孙子，有一次在钟赫过生日的时候，还特地赶到市区，不幸遭遇了车祸，伤愈后，腿有些瘸，可是，作为年逾九旬的老人，奶奶外出仍然没有大碍。就在几年前，奶奶还能在家里腌制辣白菜，做酱油，干家务活。奶奶还曾经作为长寿老人典范，上过县里电台的新闻节目。

虽说钟赫的母亲想把奶奶接到城里去住，但是奶奶却说，自己要叶落归根，既然生在鹿沟，就要埋在这里。钟赫的母亲也想过请村里的年轻人当钟点工，帮着照看奶奶，也被固执的奶奶拒绝了。

奶奶特别疼爱钟赫。钟赫去留学的时候，奶奶走了几十里路，来到城里。当天夜里，钟赫摸着奶奶的手，睡在了奶奶身边。

"留学归来，我伺候奶奶！"尽管钟赫一直在安慰奶奶，但是，奶奶却哭了。

留学期间，钟赫利用放假回了两次家，但是，只见过奶奶一次，另一次因为社会活动，没能见上奶奶一面。这样算来，和奶奶分别也有三年了。每逢打电话的时候，钟赫总会先问奶奶的近况，为此，妈妈半开玩笑地说道："我们也是快奔七十了，你只关心奶奶，我们该多难过啊！"

知道奶奶还在故乡颐养天年，钟赫就很高兴。

奶奶极其讨厌日本人。因为按照奶奶的岁数，是对日本侵华历史有着切肤之痛之人，可以理解，但是奶奶的反应有些过了。

有一次，母亲用车给奶奶拉来了新买的平面液晶电视机，奶奶却不住地摇头，因为电视机是日本造的，奶奶一听，脸色就变了。

妈妈不得不将电视机换成了国产的。

虽说妈妈经常说"你奶奶那犟劲儿"，可是，仍然拗不过奶奶。

钟赫上中学的时候，逢年过节，奶奶也会进城。有一次，奶奶吃着饭，把碗筷就扔了。

只因奶奶说了句"这饭真好吃"，妈妈实话实说："现在的电饭锅质量都好，这个电饭锅是日本造的，做出的饭可香了。"

不得不换了锅，重新做了饭。尽管母亲说奶奶是怪老太太，但是钟赫却认为奶奶很可爱。虽说钟赫并不理解奶奶过度的执拗，但是因为是自己的奶奶，钟赫就觉得奶奶的一切都对。

可是，作为奶奶的孙子，钟赫却与日本女子相爱了。其实，去留学的时候，钟赫也骗奶奶说是去韩国留学。

此次回国之前，钟赫跟春子讲了这一切。

并且还准备好了瞒过奶奶的台词，说春子是在韩国首尔认识的女朋友。好在，春子的朝鲜语实力已经达到了"以假乱真"的地步，说是韩国女学生，也会有人信。钟赫非常喜欢春子这聪明温柔的女朋友。

"不好意思，提了这么多无礼的要求。"

在车内，钟赫又紧握住春子的手。

"要是奶奶不接受我，该怎么办呢？"

春子大大的双眼透着担心。

第一次来到中国的春子给奶奶准备了长寿花作为礼物，是象征长寿和祝福的花，春子还详细地问了上机场搬运花盆的程序，但是，钟赫却摇了摇头。因为奶奶对花花草草知之甚多，会看出是日本的花盆。

"我们的爱情是不是得不到长辈们的祝福了？"

春子眼泪汪汪地看着钟赫。

钟赫给春子拭去了眼泪。

"别哭，要不妆都花了，得漂漂亮亮地去见奶奶。"

尽管钟赫说了安慰的话，但是春子却还是唉声叹气。

看着窗外经过的熟悉的风景，钟赫接着说道：

"不管怎么说，我不埋怨奶奶。就如同夏目漱石小说《少爷》中的清水奶奶一样，我奶奶对于我来说，也是比和父母一起待的时间更长的人。读到小说中清水奶奶因肺炎去世的场面，我不知哭了有多少次。我根本无法想象奶奶会在我身边去世这件事情。"

"我和爷爷的感情也很深。"春子瞅着钟赫，说道。

钟赫将脸贴到散发着香气的春子的头上。就像是被传染了，钟赫也叹了一口气。

车里突然沉寂下来。

"看样子，你们是日本人。"

一直抓着方向盘，在默默开车的司机听到异国口音，突然问道。

"不是。"

春子赶忙用朝鲜语说道，回答得很干脆。

历时两个多小时，出租车终于抵达了鹿沟。

因为这里鹿多，所以起名叫鹿沟，钟赫度过童年的鹿沟是一处偏僻的小山沟。

进入村子后，春子将车窗打开，陌生的气味扑鼻而来。对于初来乍到的人来说，这种味道会令人产生些许的紧张。

对于展现在眼前的异国农村风光，春子怀着好奇，在东张西望。

放眼望去，天上白云在飘，山下田野里，一排排低矮的石棉瓦房顶的民居，看起来非常平和静谧。整个村子看起来就像一部电影的某个场面，淡淡的，与外界割裂开来。

村路非常狭窄，因为各家各户都用栅栏围了起来。出租车穿过狭窄的胡同，终于在一户民居前停了下来。

钟赫匆匆忙忙下了出租车，眼神却充满了疑惑。

奶奶家门口停着一辆轿车，轿车周围有着七八个人，大家在小声说着什么。

钟赫从出租车的后备厢里拿出行李，又付了钱。就在这时，谁在叫他。

"钟赫?"

戴着近视眼镜的女人走近他们。

"妈妈。"

钟赫放下行李，叫着跑了过去，扑进妈妈的怀里。

"妈妈？"

春子吃惊地望着他们。

"怎么回事？也不提前打个招呼？几时回来的？"

母亲搂着儿子，问道。

"刚回来。"

母亲轻轻地敲打着钟赫的后背，说道：

"你又不回延吉，先来看奶奶？"

钟赫将站在一边不知所措的春子推到母亲面前。

"这就是我在电话里说的……"

春子给钟赫的母亲行了大礼。

"您好，我叫春子。"

春子郑重地用朝鲜语打招呼。

"怎么？还会说朝鲜语？"

母亲大吃一惊，仔细打量春子。

"这姑娘又漂亮又懂事，还会说朝鲜语。"

由于长期从事妇女工作，钟赫的母亲见多识广。刚开始听说儿子交了日本女朋友，也有些担心，但是很快决定尊重儿子的选择。

见过面后，钟赫问道：

"出什么事儿了吗？他们又是谁？"

母亲的目光飘忽不定，但随即打起精神，说道：

"他们是韩国人。"

"来干什么？"

"来采访奶奶。"

"是长寿老人节目吗？那样的话，我奶奶是有资格上节目的。"

母亲同轿车那边的人打着招呼。看到母亲在打招呼，那些人走了过来。母亲自豪地向他们介绍钟赫是留学生。

钟赫接过他们递过来的名片，看着名片，钟赫的脸上写满疑惑。

慰安妇问题对策协议会

名片上写着"协议会负责人"的四十出头的中年妇女向钟赫做了说明：

"我们每年都会调查居住在世界各地的日军慰安妇受害幸存者及其家人的生存状况和生活环境。我们在调查她们生活现状的基础上，将会制成保健福祉方面的相关基础资料。我们一直致力于改善现有的支援服务，并且努力发掘新的实例，此次，我们来到中国，就是来了解留在中国的慰安妇奶奶们的生存现状，为此特地来到这里。"

钟赫的头脑一片空白，耳朵嗡嗡直响。

不知为什么，钟赫看了看春子。

春子也一脸严肃地望着钟赫。

钟赫小心翼翼地开了门。

钟赫轻轻抬起门，推开门。因为奶奶家的门年头太长，只有这样才能打开，对此，钟赫早已稔熟于心。钟赫原想在出国前把门修好，但由于走得急，没想到几年后还是老样子，钟赫不免有些难过。

老式门发出了沉闷的响声，春子的心也不免沉了下去。

屋子很小，铺着黄色地板胶，墙上挂着镜框，镜框里照片最多的人就是钟赫，这吸引了一直志忑不安的春子的目光。

炕头附近，有着朝鲜族老式的碗柜，上面摆放着餐具，灶坑附近有口井，就像电影里那样，水缸上放着塑料瓢，漂在水面上。

地上还有一双旧胶鞋。

炕上放着奶奶玩的画图牌，炕的一角有饭桌，上面铺着报纸，而桌子旁边放着一盒不符合农家生活的易拉罐饮料。

一开门，就传来老人的声音：

"走吧，你们都走吧，我不接受什么采访！"

炕头上躺着一位身体佝偻的老人，四周围着一群小猫，就像卫兵一样。

老人连看也不看进屋的人，兀自躺着叫道。老人的声音嘶哑、尖厉。

"你们想让我说什么，没什么好说的，出去，都给我出去！"

奶奶的态度非常抵触。

喵！

全身发黑的小猫冲着钟赫叫道。仿佛这些小猫在替奶奶欢迎着客人们。钟赫赶忙脱下鞋，忙不迭地叫奶奶：

"奶奶，我是钟赫。"

奶奶不叫了。

"谁？你是谁？"

"奶奶，我是钟赫，您的孙子钟赫。"

枕着枕头躺着的奶奶慢慢直起身子，紧贴在奶奶身上的一只小猫滑了下来。

老人透过滑落在眉毛上的白头发，打量着进来的人。

"哎呀，还真是钟赫，钟赫回来了，我孙子钟赫回来了。"

奶奶张开双臂，紧紧地拥抱钟赫。孙子已长大成人，奶奶真的都抱不动孙子了。钟赫紧紧地搂住奶奶。

奶奶不相信眼前发生的一切，摸着钟赫的脸，把自己的额头贴了过来。

"没错，是我孙子钟赫。怪不得早晨我发现蜘蛛结网，喜鹊在外面叫唤，原来是告诉我我孙子要来了，我孙子来了！"

奶奶注视孙子的目光那么慈祥，声音也分外亲切。一番唏嘘后，奶奶才看到仍然站在地上的春子。

"站在那儿的是谁呀？"

直到这时，钟赫赶忙介绍春子：

"奶奶，这是和我一起学习的朋友。"

"哎呀，贵客呀，赶紧上炕吧。"

奶奶坐着，冲春子打着招呼。

"奶奶，您好！"

春子扶着奶奶的手，弯下了腰。

奶奶轻轻抚摸着春子的手，

"那你是从首尔来的吧？路途遥远，辛苦了。"

奶奶一会儿握着钟赫的手，一会儿又握着春子的手，感慨地说道：

"今天，不受待见的人来了，我喜欢的大孙子也来了。"

奶奶的脸上泛起了微笑。

春子仔细端详着奶奶。

奶奶穿着用熟库纱这一老式布料制成的裙子。也不知穿了有多久，衣袖都破了。尽管衣服是旧的，但却很干净。

老人的头发已经花白，脸上布满皱纹，腰也全弯了，牙也都掉光了，脸上也长满了老年斑，但是，目光仍然炯炯有神。

钟赫掏出了为奶奶精心准备的衣服和保健品等。

此外，还拿出了两条烟，打开一盒，给奶奶敬了一支。

奶奶毫不犹豫地叼起了烟，钟赫赶紧找打火机。

"没有打火机呀。"

奶奶用手摸索着炕头，找出了一盒火柴。看到久违的火柴，春子觉得十分惊奇。春子赶紧接过来，给奶奶点了烟。

奶奶深深地吸了一口。

"卷烟味道好啊，口感好！"

奶奶突然冲着钟赫问道：

"这不是日本货吧？"

"不是，奶奶，怎么可能呢？这是我刚才在延吉买的，是国产。"

春子一听这话，心不免有些凉了。

春子拿过烟灰缸，方便奶奶就近弹烟灰。

奶奶看着春子，问道：

"你叫什么名字？"

春子有些惶恐，不知该说什么，瞅着钟赫。

一时之间，钟赫也有些惶恐。虽说想过要瞒过奶奶，但还没来得及想好春子的朝鲜式名字。

"春，春花。"

钟赫赶忙想着春子的名字，辩解道。

"春花？和我的名字很像啊。"

"什么？"

"我叫春子。"

"什么？"

春子望着钟赫，她想起钟赫总在说自己的名字和谁一样的话。春子觉得自己像在做梦。

"奶奶，您还是花。"

钟赫靠近奶奶，说道。

"什么花呀？你见过这么老的花吗？"

奶奶用老树皮般粗糙的手，指着自己的牙笑道。

"奶奶，您是老姑草，也很美的。"

"就你嘴甜。"

奶奶拍打着钟赫的屁股。

"奶奶，你的小猫也好吧？"

钟赫爱怜地望着一炕的小猫，他抱过奶奶跟前的小猫，抚摸着。

"好，都像我一样好着呢。"

一提起小猫，奶奶开心了，打开了话匣子。

"六只都好着呢，那是顺花、光玉、玉儿、英信、慧淑、小唐……"

奶奶指着小猫，在一一叫着它们的名字。

"哎哟，小猫还都有名字呢。"

不经意间，春子的嘴里冒出了日语。说完，春子紧张地望着钟赫，好在奶奶耳聋，没有听清。

春子也抱起了一只小猫，为了掩饰自己的紧张，她不停地抚摸着小猫的头。

祖孙围在炕头谈笑风生的时候，门开了，等在外面的人们进屋了。

他们严肃而又端正地向奶奶行礼，而后说道：

"老人家，我们又来了。"

他们和奶奶聊天的时候，钟赫来到外面。他招呼母亲，二人站在了栅栏前。

农村的春天天气说变就变，刚在机场下飞机的时候，还觉得像初夏，热得把夹克脱了，现在感觉有些凉了。仿佛屋子后面就近山沟的熹微春光和奶奶家小院一角杏树的新叶也泛着青光。

钟赫把夹克的拉锁拉到最高，问了妈妈事情的来龙去脉。

"是我给他们提供的信息。"

妈妈扶着栅栏的一角，说道。

"提供什么？奶奶吗？"

妈妈点点头，一刹那，钟赫觉得天旋地转。

"您确定吗？奶奶真的是……那样的人吗？"

钟赫实在无法说出"慰安妇"这三个字。

母亲又点点头，非常肯定地点头。钟赫的脑海里，仿佛有一群白鸟在飞过。

钟赫觉得自己也得扶着栅栏站着，否则要跌倒。

"妈妈，您早就知道了，是吗？奶奶是……那样的人？"

妈妈又点点头。

钟赫把头摇得像拨浪鼓，他无法相信这一事实。

尽管在电视新闻中，在报纸上看到过无数关于慰安妇的故事，但是，钟赫怎么也不会想到，这样的事情就发生在自己身边。他无论如何也不会把自己的奶奶和慰安妇联系在一起，现在也一样，钟赫把用高粱穗做成的栅栏都捏碎了。

妈妈摘下眼镜，擦着眼睛，眼睛湿润了。她说：

"我这也是艰难地做出的决定。尽管有些难，但还是要告诉世界，奶奶们的故事。"

母亲一字一句地，说得很清楚，又让人看到了母亲当年做妇女队长时的风采。

"相信我们家的博士生会懂得这个道理。看看日本人最近都在做什么？揭示他们对慰安妇犯下的罪行，人人有责。"

母亲说着，嘴唇都发干了。看样子，妈妈也受了很多煎熬。

"那也是。"

钟赫用双手使劲揉搓脸颊。

把奶奶和"慰安妇"三个字联系起来，钟赫无论如何也不能接受。

"我曾经看过报道，中国也有二十万慰安妇，这说明像奶奶一样痛心的故事有二十万个，但是目前的幸存者只有几十人，这其中就包括奶奶。"

母亲用低沉而有力的声音说道：

"当然，我也想让年逾九旬的你奶奶、饱经风霜的你奶奶晚年能够平静地度过。但是……告诉世界真相是必须的。如果我们不出面，那段历史、那种疼痛就会被掩盖，不是吗，博士生？"

母亲透过眼镜，在凝视着钟赫。

"如今，你也应该参与进来，那才是为奶奶好。你奶奶那么疼你，你应该了解奶奶的痛苦。"

啊，钟赫抬起头来，仰望苍穹，心都要碎了，眼泪抑制不住地流了下来。

母亲又摘下眼镜，在擦拭眼泪，同时举起手，给钟赫擦着眼泪。

身后有了响声，不知何时，春子来到他们身后，她的眼睛里满是担心。

钟赫又进到屋里，被人们包围着的奶奶像遇见了援兵，在向钟赫招手，让他赶紧过去。钟赫急忙来到奶奶跟前，握紧了奶奶的手。奶奶的手是热的，同时也是颤抖的。钟赫一直在给奶奶揉手，同时也揉着因车祸而不便的大腿。

炕头上放着笔记本电脑，接上了电源。

大家都在看笔记本电脑上的视频。

视频中，人们冒雨聚到某座建筑前。

视频表明，建筑物是日本大使馆。

能够看到戴着口罩的白发苍苍的老奶奶们。

站在最前面的人手上举着写有"为了解决日军慰安妇问题的集会"的大型横幅，骤雨冲刷着横幅。

此外，集会者们还举着用各种文字写的木板（示威的时候写下各种主张的木板）。木板被遮挡住了。

"没有反省就没有和平。"

"You Must Admit Your Guilt.（真实是会被记住的。）"

集会者们冒雨，在喊着口号。

紧随其后，奶奶们也冒雨喊着口号。

"还给慰安妇奶奶们名誉和人权！"

"日本政府应承认日军慰安妇制度是国家政策层面上的犯罪。"

"日本政府应正式向受害者道歉。"

"日本政府应谢罪，谢罪！"

响亮的口号声顺着笔记本电脑的扬声器传了出来。钟赫的奶奶看着冒雨喊口号的人们，眼角在抖动。

"已经是第二十三个年头了，有着和奶奶您一样相同经历的人们已经同日本人斗争了二十三年。"

考虑到奶奶耳朵背，采访团队的负责人提高了声音说。她用激昂的语调，给奶奶讲述了二十三年来，每逢周三，这些老奶奶就聚集在日本驻韩国大使馆门前，围绕慰安妇问题，举行示威的故事。

"奶奶，这始于1992年1月的一个周三，此后，每周三中午十二点，大家就聚集到日本驻韩国大使馆门前，雷打不动！迄今为止，这一集会已经举办了千余次，参加者不仅有青少年，也有外国人！在'三八妇女节'这样特别的日子里，则演变为世界范围内的集会，不仅在韩国举行，在美国、法国、菲律宾、荷兰也举行。"

采访团队的负责人说得一气呵成。从他们的脸上，能够看出无法形容的疲惫。但是，负责人打起精神，继续说道：

"奶奶，为了不让痛心错误的历史重演，让下一代了解惨痛的历史，需要奶奶们勇敢地说出来！"

奶奶在给钟赫使眼色，钟赫明白奶奶的意思，赶紧掏出一支烟，递给奶奶，同时，给奶奶点了烟。奶奶深吸了一口，吐出烟圈，同时也长吁短叹。

一支烟的工夫，奶奶的目光一直没有离开视频。抽完烟，奶奶又向孙子伸出了手。

"奶奶别抽了，您今天已经抽得很多了。"

钟赫摇摇头。

"我就再抽一支。"

奶奶很固执，钟赫不得已，又给奶奶点了一支烟。

满屋子乌烟瘴气。

视频结束后，负责人又递给奶奶什么。

是一幅画。

是一幅油画，画面上是有着大大眼睛的少女。

画中的少女身着白衣黑裙子，素衣素服。

画面中素衣素服的少女被穿着绿色制服的人拽走了。拽走少女的那双手就像铁钩，异常巨大。

被铁钩般打手拽走的少女的眼睛满是恐惧。

在被拽走的少女的身旁，凄惨地绽放着桔梗花。

"奶奶，这是一位慰安妇奶奶画的画！"

负责人指着画，在进行说明。

"钟赫，你去把我的'眼镜'拿来。"

一直以来，对采访团一行缄口不语的奶奶终于开了口，冲着钟赫说道。

钟赫下到灶坑，打开柜子中间抽屉，打开眼镜盒，拿出眼镜。钟赫果然是孝顺的孙子，对奶奶的日常习惯和物品保管了如指掌。目睹此情此景，春子的眼神满怀感动，爱慕地看着钟赫。

钟赫用衣袖擦拭镜片后，把眼镜递给奶奶。奶奶戴上眼镜，仔细地看着画作。

"奶奶，这是画的被日本人拽走的那一瞬间的情形。画画的人是金顺德老奶奶，在韩国庆尚南道被日军抓到中国上海，受尽了折磨。"

奶奶表现出对画作的兴趣，在仔细地看。

"金顺德奶奶用画作告诉世人日本人犯下的罪行。可惜，老人家在十年前已经去世了。"

奶奶的肩膀在抖动。

奶奶用双手捧起了画作，把画贴近眼前，几乎贴到脸上，在看。

奶奶看了好一阵子，奶奶手里的画像随风飘动一样，在剧烈地抖动。

奶奶把画贴在脸上，嗓子里发出奇怪的声音。

呃、呃，就如同穿越狭窄的垄沟悲切的水声，那是呻吟声。

随即，呻吟声变成了啜泣声，低低的啜泣声如同波涛汹涌，声音逐渐高了起来。

终于，奶奶放声痛哭。奶奶瘫坐在炕上，哭泣起来。

奶奶哭得涕泪横流，眼睛结了眼屎，奶奶却什么都不管不顾，尽情地痛哭。

"奶奶，您注意身体啊！"

采访团队的一位成员掏出手绢递给奶奶，春子也赶忙掏手绢。尽管不能全都理解，但看到奶奶哭得那么惨，春子的内心也感到难过，眼眶湿润了。

"让奶奶哭吧，哭出来，也许就能解开心结了……"
妈妈在一旁说道。

奶奶扑到钟赫的怀里哭，她把头深埋在钟赫的膝盖上，哭得那么悲哀。奶奶倚在孙子的身上痛哭，奶奶的哭声回荡在钟赫的心里。

钟赫用手心擦去奶奶的眼泪和唾沫。但是，不管怎么擦拭眼泪，眼泪都像决堤的水，源源不断地流出来。

这是深埋在内心很久，痛苦的泪水。

春风敲打着糊上报纸的窗框，夹杂着哭声，在村子回荡了很久。

奶奶重新又盘腿坐在了炕头。

奶奶又套上了平时嫌麻烦的假牙，重新梳了头，把铁勺当作簪子套住头发。把烟灰缸清理干净后，放到了自己的膝盖上，随即开了口。

"这里有几位得出去。"

奶奶看着围坐在身边的人，指出其中的几位。

奶奶指着操作摄像机三脚架的摄像师，说：

"男人出去吧。"

摄像师觉得很为难：

"奶奶，我们得拍摄呀。"

"那我就不拍了。"

奶奶说道，声音分外斩钉截铁。

"出去吧，人物采访，我也能行！"

负责人把摄像师推了出去。

除了摄像师以外，一位男编辑也拗不过奶奶，只得走了出去。

"你也出去吧。"

奶奶指着钟赫。

"奶奶，我要留下，我要在奶奶身边。"

钟赫撒着娇。

"出去，赶快出去！"

钟赫一直在磨蹭，不肯出去。

"奶奶，他是您孙子，没什么吧？"

采访团队的负责人在温和地求情。

奶奶猛地抬起了头，用尖厉的声音说道：

"难道，你觉得我这个老太太应该在自己孙子面前赤身裸体地讲述那段痛苦的往事吗？"

奶奶的声音就像生锈了的铁一般刚硬，这个声音如同瓷器破碎的声音，令人毛发都竖起来了。

奶奶的声音那么凄凉，妈妈赶紧冲钟赫使眼色，让他出去。

钟赫迫不得已站了起来，春子也想一同站起来，奶奶拉住了她的手。

"你可以留下。"

春子有些不知所措，用求助的眼神看着钟赫。回到久违的故乡，可是钟赫的脸是阴沉的。

（原本想给女朋友看故乡美丽的风景以及身强体壮的奶奶慈祥的面容，可是现在，这叫什么事儿？）

春子看出钟赫的心思。虽说钟赫表现得很沉着，但其实内心是不安的，春子看出钟赫的惶惑。

钟赫勉强挤出笑容，冲着春子点了点头。

奶奶又要抽烟，春子赶紧掏出一支烟，递给奶奶。又找来火柴。可能是因为紧张吧，春子没能划着火，又划了一次，还是没能点着。

奶奶一把夺过火柴，划着了！

奶奶抽了一口后，猛地抽了几口。春子不知所措，只能又坐到奶奶跟前，低着头。

粉尘粒子透过仍然贴着塑料布的玻璃窗户，飘浮在上午的阳光中。

在阳光中，奶奶如同穿越几千年的木乃伊，毫无水分地坐在那里。

阳光很足，奶奶脸上的皱纹如同沟壑，一道一道，清晰可见。

奶奶的脸如同褪色的布料，发黄发青。

不知奶奶在想着什么，眼神是深邃的。

眼里显得那么空洞，又像有着一切。

阳光透进屋里，可是，大家仍然是沉默的。

大家都屏住呼吸，注视着奶奶那紧闭的、干瘪的嘴唇。

过了好一阵子，奶奶也没开口。

回忆那段不快的、可怕的、噩梦般的记忆，奶奶是害怕的。

啁！啾！

窗外传来了猫头鹰清雅的叫声。

也许鸟叫是个信号，奶奶把抽完的烟弹到了烟灰缸里，随即，把烟灰缸挪到一边。

稍后，奶奶终于开了口。

深吸进去的烟气仍然飘荡在嘴角。

随着烟雾，奶奶开始讲起一直深埋在心底的难忘的往事：

"我的命真不好，太不好了，感觉厄运总是不离我身边。我出生那一天，就是日本鬼子打进我们鹿沟的日子，烧杀抢掠，无恶不作。"

"日本鬼子？"

正在认真做着笔记的采访团队的负责人问道。

"奶奶，您是说日本吧？"

"是，日本鬼子。"

奶奶又强调了一下。

喵！

小猫在一旁低低地叫着，奶奶停了下来，看着小猫。

"快过来，'光玉'，'英信'。"

奶奶在叫着小猫。

奶奶把白猫放到膝盖上，搂着黑猫。

奶奶在轻轻抚摸着小猫的后背，打开了话匣子。

"那一天是庚申年春天，漫山遍野开满了金达莱花。"

……

鹿沟惨案

老顺使出浑身吃奶的劲儿在奔跑。

她穿过没过小腿的紫芒，蹚过没过脚踝的溪水，被石头绊倒过，但是很快就爬起来，用尽力气在奔跑。

裙子被白桦树的树枝剐了，一着急，使劲儿拽，不承想裙子破了。她扯着一条一条的裙子，继续奔跑。破布条被挂在树上，凄惨地飘荡。

老顺把裙子捧在怀里，不停地奔跑。

她觉得委屈，似乎马上就要哭出来了。

这是任何人看到都会吃惊的情形，这倒不是因为她的奔跑速度，而是因为她是位即将分娩的产妇。十月怀胎，坠着那么大的肚子，居然还能跑得那么快，这太令人吃惊了，而且也会担心，产妇这么跑，能行吗？

女人在不停地奔跑，可是，身后却传来了可怕的吼叫声。吼叫声如同吸铁石一般紧随其后，不依不饶。

"你给我站住！（日语）"

"站住，你给我站住！（日语）"

这声音像群狼在吼，又像瓷器片破碎的刺耳声。

一群男人在追她，这些男人都穿着制服。身穿制服的他们手里都拿着长枪。

吼叫声如同长鞭子，无情地鞭笞着她的后背、耳畔，尽管如此，女人却没有停下来。

诚然，老顺没有听明白吼叫声的意思，因为吼叫声是倭寇的话。

老顺想，这一切都是自己在做梦。

就算是梦，也是噩梦，能让毛发竖起的平生头一次做过的噩梦，自己绝不会再做这种梦了。

此时此刻，她也认为自己是魇着了。

老顺想，这是没有人叫醒自己的梦魇。也许这么想，相对要好一些。

尽管是如此紧张的关口，老顺的脑海里却浮现出一直以来自己做过的噩梦。

被河对岸的清朝人家的大黑狗追赶那天，自己就做了噩梦。

梦中，满脸长着牙的怪物在一直撵她，感觉自己如果被那裂肉齿咬住，一定会粉身碎骨。

看到她被噩梦魇着，长吁短叹，丈夫给她摇醒了。

在湿滑的井边摔坏水桶，差点儿掉到井里那一个冬夜做的噩梦也记忆犹新。

她做了一直坠落的梦。也许因为她叫唤得太厉害了，父亲被惊醒，猛踢她的屁股，总算给她弄醒。

和这样的梦相比，这是太过惨烈的梦。

长着裂肉齿的怪物一直在撵她，不知是谁，给她摔到井里，而深不见底的底部仍然有长着裂肉齿的怪物在等着她。

噩梦般的惨剧始于清晨的井边。

那口井就在村口，女人一大早就去打水，不料却像是被兜头浇了一盆凉水，茫然地站在那里。

不知何时来的，井口站着一群人，也许数量太多了，女人吓坏了。

大家清一色地骑着战马，戴着军帽，都穿着绿色制服，都背着长枪。

像是头儿的人牵着马来到近前。军帽很高，有红边，制服的领口有象征等级的红肩章，引人注目。肩章上有三个黄星，腰上系着腰带，佩带长刀，手握马鞭。他用深邃的眼睛看着女人，突然举起了马鞭。

于是，几个士兵跳下马来，把一个人从马上揪了下来。那个人被捆成"大"字形，看样子被殴打过，眼睛铁青，嘴也被撕裂，嘴角边有血迹。身穿的白衣服上处处渗出鲜血。

把这个人推到女人面前。仿佛被折磨得丢了魂儿，这个人用失神的眼睛愣愣地看着女人。

一个士兵用枪托无情地拍打着他的肩膀，那个人踉跄了一下，张开了干裂的嘴唇。仿佛是从鬼门关发出的声音：

"老梁家在哪儿？"

女人还是失魂落魄的样子。

那个人再次抿了抿嘴唇，艰难地问道：

"我说的是英信学校梁校长家。"

女人这才回过神来，用手指着村口的一户人家。女人的手指如同被秋风吹动着的稻草人的袖口，在抖动。

扑棱棱，马在尥蹶子，"红肩章"挥舞着鞭子，指着前面。

这群人开始移动。一群人撂下失魂落魄的女人，开始带着被绑的那个人进入村子。

就在这时，在前面被绑着的穿白衣的人开始向着村子跑去。尽管被绑着，但他仍然在吼叫，用嘶哑的声音尖叫道：

"快跑，倭寇来了，快跑……"

他没能说完，因为策马扬鞭的"红肩章"用锋利的军刀砍了这个人，那个人的头颅飘在空中，又像南瓜一样滚落到地上。

失去头颅的身子又跑了几步，喔！栽倒在地。

骑兵的马肆意践踏着没有头颅的身子，冲进村子。

被枪托顶着、大刀逼着，村子里的人被撵到学校操场。

每到春天，学校操场都会开运动会，村里有大事小情，人们也会聚到操场。为了即将举行的春季运动会，操场上已经用松树枝做了门，各个项目的冠军会在那个用松树枝做成的门前接受校长发的奖牌和奖品。

原本洋溢着庆典喜庆氛围的操场如今变得令人毛骨悚然。

穿着绿色军服的人和手持锋利军刀的士兵们如临大敌般，表情冷漠。

他们手持着的枪被晨曦晒得明晃晃的。

吓坏了的人们大气不敢出，一动也不动，缩着脖子。

老顺紧紧贴着丈夫站着，丈夫也紧握着她汗津津的手。丈夫一脸病态，担心地看着她。

丈夫是英信学校教师，毕业于龙井大成中学，在学校教国史。对于已经是老姑娘的老顺来说，能够嫁给识文断字的丈夫，招人嫉妒。

这一切得归功于木讷但却富有人情味的老顺的父亲。

村子里的人开辟了学田，给老师开支。尽管生活不宽裕，但是，父亲的学田却是最多的。

而且，当时，丈夫在她家吃的饭最多，最终，丈夫成了这家的女婿。

丈夫的缺点就是身子骨弱。

丈夫经常把脏兮兮的褥子盖在膝盖上，坐在炕头，一阵阵咳嗽，家里经常备有药。

尽管如此，老顺仍然恭敬丈夫，二人相敬如宾，即将迎来爱的果实。

人们都在偷看操场的一角。

操场的一角有一株柳树。

最早迁徙到这里的祖先在空地上种了柳树，而那片空地如今成为学校。这株柳树如同村里的守护神。当人们的目光望向这株柳树的时候，都是一副恐惧的表情。

柳树上绑着一个人。

是学校的梁校长，由于拴得太高，校长的腿在空中来回挣扎，就如同飞蛾被蜘蛛网给夹住了一样，校长的白衣随风飘荡。

梁校长既是校长，也是村里的当家人，负责村里的大事小情，而且将地处偏僻的学校建成俄罗斯的韩人学生也慕名前来的知名学校。此外，同北间岛的反日团体义军府也有联系。义军府的人经常光顾鹿沟。

倭寇竟然将如此声望高的梁校长绑起来，就像被屠杀前的畜生一样，绑到了树上。

尽管被绑着，但是，梁校长高高地昂起了头。

"红肩章"一手叉腰，一手扶住腰间的军刀。他一声不吭，怒视着村里的人，如同拍摄移动画面，一一审视着。刚刚见血的军刀在腰间晃动。

他的瞳孔令人窒息，人们遇到这个眼神的时候，都会吓得低下头来。

"红肩章"又举起了马鞭。

一个矮胖的士兵站在人们前面，抬起下巴，哇哇直叫。

"鹿沟的人听着，这位是管辖这一区域的我军第十四师团的铃木大佐。"

叫铃木的"红肩章"冲着人们点点头。

矮胖的士兵继续高八度地说道。尽管生涩，但是能够听出来这家伙会说一些朝鲜语：

"铃木大佐要给大家讲一讲我们来鹿沟的主要目的。"

大佐走到前面，用马鞭拍打着手掌，慢慢地开了口，声音也像利刀，尖锐。

"从现在起，你们必须无条件参与到我们的行动中。我们是奉命查处对大日本帝国心怀叵测的不逞鲜人的任务，来到这个村子的。"

矮胖士兵像是播放回声机，又重复了一遍。

铃木的声音一刹那又高了好几度：

"遗憾的是，我们接到的情报是，这个村子的人都是抵抗大日本帝国的不逞鲜人。"

大佐的脸气得通红。

突然发作，声音尖厉：

"今天，我们要在此立即处决其党首！"

大佐的视线转向柳树方向，深陷的眼睛如同遭到雷劈的枯木底下每到夜晚发出的绿光。

铃木瞪着血红的眼睛，抽出刀来。

咔嚓！咔嚓！咔嚓！咔嚓！

士兵们列队，准备着长枪。

森严的枪口举了起来，瞄向柳树，对着梁校长。

肥胖的队长出列，在喊着口号：

"准备（日语）——"

撕裂的口令声回荡在村子。

"发射（日语）!"

当！当！当！

清脆的枪声响了起来。

枪声打乱了鹿沟的和平。

枪声震耳欲聋，孩子哭了，狗叫了。

柳树叶飘了下来。

子弹将梁校长的身体打得千疮百孔。

人群中发出惊呼。

人群中，一个妇女吼叫着向着柳树跑了过去，身后跟着一个小男孩。

"老梁。" "爸爸。"

当！当！

枪声再次响起，梁校长的老婆和孩子也倒在了柳树前。

在一刹那发生的惨剧面前，村子里的人都吓傻了，大家都觉得天旋地转，失魂落魄，僵在了那里。

倭寇们把梁校长视为敌人，有他们的理由。

由于日益加剧的殖民地政策，不少朝鲜人越江进入中国，鹿沟成为反日活动的策源地。

再加上去年春天发生在龙井的抵抗日本帝国主义的反日示威中，也有鹿沟人。

当天，老顺亲眼目睹了龙井的壮观景象。她是随丈夫一起到龙井的。她是第一次去龙井，是怀着看热闹的好奇心去的。

鹿沟的人们同英信学校的师生一起从前一晚就开始准备饭，天蒙蒙亮就出发，走了几十里路，来到了龙井。

老顺是第一次来到龙井，龙井大街充满了喧嚣和高涨的气氛。

人们三三两两地聚到龙井的瑞甸平原。身穿白大褂的男人和穿着裙子的女人与白发苍苍的老人及孩童们纷纷云集过来。

来自北间岛各个地区的人们如同涓涓细流汇成大海，从四面八方涌向龙井这一"间岛的京城"，同时也是代表朝鲜人意志的中心。

集会场所是一所普通学校的操场。会场中央立着写有"正义引导""朝鲜独立万岁！"的五丈旗。

会场周边有一座钟楼。

老顺的眼睛红了，望着钟楼。

钟楼上已经有一堆小朋友在看热闹，他们也是来看这座小城从没有过的壮观景象的。

当！当！

钟声响了，回荡在瑞甸平原的上空。

在人们的欢呼声中，身着白大褂的人出来宣布开会，并且用清脆的声音朗读《独立宣言书布告文》：

"我们朝鲜人宣誓解放，宣誓地位，宣誓正义，宣言人道主义！

"我们是有着光荣历史的民族，同时也是勤劳的民族。但是，有人想毁灭击破我们……志士的眼泪流成河，我们的怨恨可抵苍天。苍天的耳朵应倾听百姓呼声，苍天的眼睛应注视百姓，世运改变、更新的时候，正义的钟声会响彻在大街，自由的航船会抵达前方。

"吾人是贱民之一，是弱者之一。今日，要顺从天命，顺应人心，万千民众一直高唱自由赞歌，紧握双手，平等前进。正是因为号称东洋文明首脑，东洋和平堡垒的日本帝国主义的侵略，政局发生了改变……

"民众要团结一心，不让侵略者践踏间岛的土地。人人都要肩负起神圣的职责，我们间岛的八十万朝鲜族民众哪怕赴汤蹈火，也要为了人类的平等，奉献一切。"

朗读完布告文后，响起了惊天动地的"万岁！"喊声。为了躲避日本帝国主义的镇压迁移到此地的人们认识到韩民族的根和历史使命意识，尽情地呼喊万岁，万岁声久久地回荡在海兰江畔。

大家高呼着万岁，开始进行示威游行。被丈夫的手牵着，老顺也加入到示威队伍当中。示威队伍规模很庞大，不见尽头。

在示威队伍的最前头，旗手举着写有"声援朝鲜独立"的五丈旗。当地学校三十多名师生组成的"总列队"紧随其后，最后面是各地的群众队伍。

"朝鲜独立万岁！"

"反对日本帝国主义侵略！"

"打倒亲日走狗！"

示威者高呼口号，浩浩荡荡地向着位于龙井市中心的日本间岛总领事馆进发。

突然，前面传来骚乱声。在领事馆附近，示威群众与阻拦的军警之间发生了肉搏。

被激怒的群众用石子打军警。在群众的毅然决然面前，倭寇们慌了。

当！此时响起了枪声，走在最前面举着五丈旗的人倒下了。

日本帝国主义警察及其走狗中国警察慌乱中，向着示威队伍开了枪。

枪声像蹦豆一样响起，走在前面的人陆续倒下。

赤手空拳的示威队伍瞬间乱了套。

老顺都记不住自己是如何在混乱中被丈夫拽着离开龙井的。

后来听梁校长说，当天由于日本帝国主义军警镇压，十多名示威者当场丧命，二十几人受伤。

正因如此，日军一直将鹿沟视为不逞鲜人的震源地之一，虎视眈眈。

看到校长在眼前流血牺牲，村子里的人才感到害怕，瑟瑟发抖。

老顺也像被岩石一样的恐怖压抑着，就像头发被谁拽着，为了保护肚子里尚未出生的孩子，她用胳膊护住肚子，蜷缩着身子。

身体臃肿的士兵冲着人们大叫起来，一个胖子替他翻译：

"女人不要动，成年男人都给我出列，快点！"

男人们犹豫着，走了出来。士兵们用枪托猛击他们的后背。

士兵们发现躲在女人身后的男人，给他提溜了出来，用马鞭猛劲抽打，男人的脸上有了血迹，被硬生生地拖走了。

老顺的父亲也被拖走了，本来就木讷的父亲什么也没说。

老顺的丈夫也被拖走了。

他回头看了老顺一眼。

蜡黄的脸上，一双眼睛直直地看着老顺。

那个眼神分明是对即将分娩的老顺的担心。老顺感受到丈夫的关爱，眼眶湿润了。

看到丈夫在不住回头，日军不停地用军靴踢丈夫的后背。

女人被留在学校操场，而三十多个男人都被拽到学校教室里去了。

女人们都不知道接下来会发生什么，只是害怕地、愣愣地看着这一切。

士兵们锁上了教室的门。原以为会把男人们关起来，没想到有几个士兵去拆了操场上用松树做的门，把松树和木板拿过来堆到教室周围。这些士兵把村子里的人到后山砍来的柴也拿来，堆到教室周围。他们还拿来柳条、松树枝和柴火垛。

虽说不知道这些人要干什么，但是，总令人感到异样，于是，女人们的心咚咚直跳。

几个士兵拎着墨绿色水桶跑了过来，打开水桶盖，把里面的东西泼到柴火垛上，汽油的味道刺鼻。

女人们的眼神很是不安，心脏怦怦直跳。

"孩子他爸，孩子他爸！"

不知是谁，开始哭泣起来。

红肩章的大佐回头看了看，被那眼神所震慑，哭泣声止住了。

准备完毕，士兵又列成一队。

咔嚓，咔嚓，咔嚓，咔嚓。

又响起拉枪栓的声音。

老顺被那声音吓坏了。

举起了黑黑的枪口，枪口对准学校窗户。

一个士兵拿着松香，泼到垒到教室周围的柴火垛上。

大火熊熊燃烧。

干松树枝和柴火垛遇到汽油，迅速燃烧，学校顿时成了一片火海。

懵懵懂懂的女人们瞬间一起呼救起来。

火光冲天而起，火舌冲进窗户。火光随着烟雾，冲进窗户，开始吞噬屋檐。

传来咳嗽声和呼救声，被关起来的男人们开始用拳头猛砸学校的窗户。从被砸开的窗户，头发和衣服被火燎着的男人开始跳了出来。

当！当！

倭寇们向着跳出来的人们无情地开枪。

他们向冒着浓烟艰难地跳出来，不停咳嗽的人们挥舞起刀枪。

男人们的头颅像豆腐块似的被切了下来。一刹那，无数头颅在学校操场上打滚。

枪声此起彼伏，震动鹿沟。

被烟呛着的男人们把头伸到窗户前，就死去了。

"水井哥"从窗户上跳下来，向前跑了几步，就被飞来的子弹打中，倒地吐血而亡。

许执事冒着浓烟，探出头来，却被子弹打中额头，开了瓢。

打猎的老崔也跳了出来，不想被尸体绊住脚，没走几步，就倒下了。士兵赶紧跑过去，用枪猛扎他的后背。被刀枪刺伤的老崔艰难地站了起来，把手伸向空中，可还是倒下了。

"水井嫂"尖叫着冲向熊熊燃烧着的教室。

一个士兵用鹰爪般的手拽住她的肩膀。

"水井嫂"甩开那手，执意跑去。

于是，另一士兵用刀枪开始扎她的后背。刀扎进去，带出鲜红的血液，"水井嫂"的身后成了血水喷泉。水井嫂来不及呼救，就倒在那儿了。

紧随其后的老崔的女儿肩部也挨刀倒下了，而踉踉跄跄跑着的会宁嫂则被挥舞的军刀，砍去了一只胳膊。

捡起自己的胳膊，会宁嫂只是"啊！啊！"地发出呼救。

杀死被恐惧笼罩着的人们比踩死一只蚂蚁还容易。倭寇们肆意杀戮想要挣扎活命的人们。

真的让人感到掉进凄惨的阿鼻地狱和叫唤地狱。在熊熊燃烧的无间地狱，鹿沟的人们正在被恶魔肆意蹂躏。

原想向着熊熊燃烧的教室奔去的女人们犹豫了。女人们不敢再站出来，只是站在原地，摩挲着衣角，捶着地，放声痛哭，呼叫声此起彼伏。

"老公！"

"爸爸！"

"哥哥！"

在撕心裂肺的呼救声中，火苗在熊熊燃烧。

学校终于像被箭射中的大鹏鸟，折断了翅膀，无奈地坠落。

房顶塌陷了，火苗和烟灰冲天而起。

惨剧就发生在眼前，但是，老顺却产生了奇怪的幻觉。

她希望父亲和丈夫不要从窗户里跳出来。因为如果跳出来，刀枪会等着他们，而如果不出来，炼狱会等待他们。

这一切肯定都是梦，老顺抱着大腹便便的肚子，因恐惧喘着粗气，胡思乱想。虚弱的身子骨像是被魔鬼牵着。风吹过，空气中弥漫着呛人的味道和血腥味。

肚子拧劲似的疼，肚子里的孩子好像也受了惊吓。

老顺抱着圆鼓鼓的肚子，瘫坐在那里。

不知何时，倭寇们退去了。身陷在恐怖和绝望的泥沼里，在死亡气息中挣扎的人们直到看到日落西山，才明白这血腥的屠杀落下了帷幕。

一度成为恶魔窝的村子多少有了生机，不知是谁，开始去扒开灰堆。

灰堆还有火星，冒着热气。

把柱子移走，没烧着的木头拿走，看到了在灰堆中挣扎的尸体。

尸体就如同被扔在火炉中的小鱼，烧得黑漆漆的，蜷缩在一起。

分不清谁是谁，被烧尽的木头和人的尸骨很难分得清。

女人们只是呼天抢地，用嘶哑的声音复又哭泣起来。

纤弱的她们能做的只有哭泣哭泣再哭泣。哭泣是她们对惨死的男人们的哀悼，是对无能为力的辩解。于是，她们就像比着赛似的，放声痛哭。

就在如此混乱中，不知是谁，放声大笑，在灰堆中乱跑。

原来是被倭寇们的滔天罪行引发精神失常的有着梨树家的奶奶。奶奶就像在追着什么，不时发出呼救，光着脚，踩在尚有火星的灰堆上。

学校操场上，被烧的尸骨如同干鱼放在那里。

三十三具尸首，除了去龙井请教会牧师的炳旭一家，村里的男丁全都被倭寇杀死。

由于分不清是谁的尸骨，大家决定给他们合葬。

大家在村口的山坡上挖了大大的墓地。毕竟是女人，挖坟费了很长时间。

天渐渐暗了下来，但是，大家借着月光，继续挖坟。

不知何时，大家止住了哭声。大家默默地，只是热衷于挖墓。尽管大家都浑身酸痛，但是，女人们仍然没有停下拾掇男人尸首。

老顺也拿着锹，干了起来。失去了父亲和丈夫，没有人替她。尽管是即将分娩的产妇，但是，好像没有人想到这一点。

边艰难地挥着锹，老顺边思索，在并排躺着的尸首中，哪一个是丈夫和父亲的尸首。

丈夫是"南北头"，身体瘦弱，老顺觉得这是自己丈夫的尸首，可是，执事老婆说那是自己的丈夫，又有"北山嫂"也说，像自己的哥哥，无法确认尸身的主人。

尽管泪流满面，女人们还是坚强地办了丧事。

大家鼻涕一把泪一把地把尸首拽到了挖好的坑里。

在尸首上盖了破布，盖了扒来的桦树皮。

村里的山上多了座巨大的坟墓。

办完了一切，傍晚时分，下了雨，是伴着浓雾的毛毛雨。被自己的眼泪打湿的人们这一次被天上的眼泪打湿了。

既不是雨，也不是雾的湿润的东西带来湿气，如同无声的雨，让人们的心变得更加潮湿。

面对坟墓，大家又悲从中来，女人们纷纷扑到了坟头上。她们心疼坟墓被雨淋湿，要用身体给挡住。不禁又悲从中来。

深夜的山谷被雨笼罩，一股血腥味扑鼻而来。

弥漫在整个山谷的味道是悲痛的味道。

在黑夜、毛毛雨和悲痛中，倒在坟头上的女人们哭个不停，哭声覆盖住了雨声。

当天，被倭寇血洗后，村子成了一片废墟。

倭寇放了一把火，村子里的学校、教堂和房屋全被烧毁。

大火持续到次日早晨，被火熏着的烟囱，在龙井都依稀可见。

男人们被恶魔杀害，就连咕咕叫的小鸡和汪汪叫的小狗也未能幸免。真的是斩尽杀绝。

第二天，从井边又传来一个女人的尖叫。

"北山嫂"想把血污的衣服洗一洗，来到井边，不想感觉遇见了鬼，拽住头发，发出"啊啊"的呼叫。

嗒嗒嗒。嗒嗒嗒。

随着惊天动地的马蹄声，几十个骑兵来到井边。

就像被火燎着的人，在全身的火伤尚未痊愈之前又见到恶魔般的身着皇军服的倭寇，女人连呼救命后，昏厥过去。

在蜂拥而至的人群中，走在最前边的还是肩上有三颗黄星的"红肩章"的大佐。这可真是八辈子都不想再见到的魔鬼。

女人被士兵用枪逼着，重新又来到坟头。

就像一堵看不见的墙袭来，女人们因为恐惧，连大气都不敢喘。

就如同来世的差使，大佐举起马鞭，指向坟墓。

"重新挖开！（日语）"

女人们没听明白，都瞅着大佐。

那个矮胖的士兵出来，用不太熟练的朝鲜语说：

"挖坟（日语）。让你们挖坟！"

仍然没弄明白的执事的老婆走出来，问道：

"挖，挖什么？为什么？"

士兵用枪敲打女人的头，女人抱住头，倒在了坟头，鲜血从指缝间渗了出来。

"快点（日语）。"

胖子士兵指着坟墓，嗷嗷乱叫。

就在这时，响起了刺耳的呼救，原来是昨天发疯的梨树家的奶奶又犯病了。奶奶呼叫着，狂笑着，光着脚在坟墓四周乱跑。

"真麻烦（日语）。"

"红肩章"嘟囔着，一个士兵吼叫着，用枪逼着奶奶到了高处。

让奶奶站在悬崖边，士兵放下了枪。士兵的脸上泛起残忍的微笑。他收起枪，用军靴猛踢奶奶的后背。

奶奶就像石头一样滚落到山下。

在奶奶滚落的山崖下，一群鸟儿飞过。

女人们气得瑟瑟发抖。她们就像被恶魔驱使着，接过犁杖，重新挖开尚未干的坟墓。

挖开土，揭开桦树皮，拿起盖着的破布。

躺在坟墓中的尸首现出原形。

女人们开始哭泣起来。

命令她们把尸首拽出来。被倭寇逼着，女人们只好服从，让干什么就干什么。

一个士兵提来墨绿色的水桶。

将汽油泼到了尸首上。

点着了火。

冒出了浓烟，传来呛人刺鼻的味道。焚烧尸首的味道再次刺痛了女人们的心。

又响起撕心裂肺的哭声。

浓烟滚滚，老顺的目光一直在追随着这浓烟。她抬起头，望向冲向蓝天的浓浓烟雾，浑身瑟瑟发抖。

她问自己，是否还在做噩梦？但是，分明哭声就在耳畔，焚烧尸体的味道那么刺鼻。

那么，如此可怕的噩梦真的就发生在我身边？

痛彻心扉的恐惧令人毛骨悚然，老顺似乎要摆脱这个噩梦，从嗓子眼里发出呻吟，并且连连后退。

她踉跄着后退，不知不觉，就摆脱了人群。

士兵们还在盯着尚在燃烧的尸骨，没有发现老顺离开了女人群。

在山脚下意识到同倭寇们的距离后，老顺开始跑了起来。

"抓住那个女的！（日语）"

后面传来吼声，老顺意识到这是在冲着自己吼，她转了下头。一个士兵在对着自己指指点点，而两个士兵在向她跑来。看到如猛兽般跑向自己的人群，老顺不禁害怕起来。

"哎呀妈呀！"

老顺发出短促的呼声，开始跑了起来。

她不知道应该跑向哪里，只是跑，想要摆脱这个魔窟般的地方。尽管身体笨重，但她还是咬牙跑。

拖着笨重的身体，老顺已经下了山，过了小溪，向着前面的一座山奔跑。

由于岩石的形状像鹿，因此，这个村子就叫鹿沟，村子里的人都把那个岩石看成村子里的守护神，看成祈子石，精心保护。

老顺认为，到了那儿，就能摆脱这份恐惧，摆脱这个噩梦了。

她觉得，传说中的鹿角可以抵御那些恶魔，保护自己。觉得可以将自己笨重的身子背着，去往遥远的地方。

"站住，再不站住，就开枪了！（日语）"

后面传来恶狠狠的声音。这声音就如同犬吠的声音。但是，老顺没有停下来，继续奔跑。

当！枪声响了，老顺的腿被击中，倒了下来。为了保护孩子，她本能地护住了肚子。

老顺呻吟着，又站了起来。

又跑了几步，她感到了腿疼，看到自己的小腿鲜红一片。但是，老顺拖着伤腿，继续奔跑。她强打起精神，艰难地奔跑。

流下来的血将胶鞋都染红了。

山脚下杂草丛生，有着羊肠小道，牛车在小道上慢悠悠地行走。

这是摆脱地处偏僻的村子的唯一渠道。

老顺使出吃奶的劲儿，向着牛车跑去。

有人从牛车上跳了下来。

"哎呀，你不是老顺吗？"

从牛车上跳下来的人是张牧师。

因为村子里有教会，张牧师每周一次从龙井来到几十里以外的鹿沟。

作为牧师，他不仅传教，而且还会通俗易懂地讲解对倭寇侵略的悲愤以及对民族独立的向往，因而深受村里人的尊敬。张牧师同村里的梁校长情谊深厚，每逢学校教师有事请假，张牧师也会来代课。

"牧师，张牧师！"

老顺就像遇见了救命恩人，抱住了牧师的胳膊。她浑身酸软，跪了下来。牧师赶紧把她扶起来，让赶车的把老顺抱到牛车上。

又传来了日本士兵的吼叫声。

看到流血倒下的老顺和举着枪追来的士兵，牧师意识到了事态的严重性。

"把老顺托付给你了，赶紧跑！"

牧师和赶车的说。赶车的慌忙让牛转过去，拽着牛，用手上拿着的柳条枝抽打牛。

"快走，快走，快跑！"

因为恐惧，赶车的声音都变了。

被抽打着，牛开始在山路上奔跑。由于牛车颠簸，老顺苏醒过来。她勉强直起身，看了看后面。

张牧师迎着士兵，跑了过去。

"究竟发生什么事了？为什么要抓孕妇？"

"躲开（日语）！"

士兵们向着张牧师乱叫。

但是，张牧师就像一堵墙挡住了去路。

一个士兵单膝跪地，举起长枪，瞄准远去的牛车。

当！

响起子弹划过的声音。

听到子弹划过耳畔，老顺气得浑身发抖。

"哎呀！"

赶车的把手里拿着的柳条枝扔了。而后，慌不择路地逃走。

士兵们重新装了子弹，瞄准了牛车上的老顺。

张牧师扑过去，抢过枪把。

当！

子弹打飞了。

"混蛋，找死吗？（日语）"

士兵用军靴踢张牧师的肚子。

张牧师抱住了士兵的军靴，抱了很久，尽管被拽住，仍然没有撒手。

气急败坏的士兵用枪猛刺张牧师的肩膀。

但是，张牧师的双手就像钳子一样死死地抓住士兵的脚不放。士兵们拥了过来，用枪连连刺向张牧师的后背。

身后，传来张牧师的呼救声。

张牧师举起了双手，嘴角流出了鲜血，被刺伤的身体各处鲜血喷涌。

张牧师吐尽鲜血，发出最后一句话：

"你们这些毒蛇的子弟！！！"

在牛车上目睹这一切的老顺不禁吓得瞠目结舌。

不知看没看明白这一变故，老牛只是往前走。

张牧师不再动弹了，士兵用脚把张牧师踹到山下，还"呸"地，向张牧师鲜血淋漓的身体吐了唾沫。

士兵们收起瞄准牛车的枪，因为他们发现车轮滚滚的牛车上不见了人影。

士兵们气喘吁吁地拽住了牛和缰绳，牛停了下来。

牛车的左手边是陡峭的山崖，在其尽头有一条河，河水奔涌。

士兵们反背着枪，弯下腰来看山下，可是，不管怎么弯，也没看见老顺。

"他娘的！跑哪儿去了？要是掉到河里淹死就好了！"

他们骂骂咧咧，向着山下放了几枪。

金达莱花被子弹命中，花瓣飞了起来。

小鸟也被惊得乱叫，一时之间，河畔全是鸟鸣。

在山脚下搜索半天却无收获的士兵们收了队。

老顺把身子藏在山脚下的灌木丛里。

小腿的枪伤往外流血，浸染了大地。但是，老顺无暇顾及，因为从河畔的堤坝旁随风飘来倭寇的语言。

由于极度的恐惧，老顺浑身瑟瑟发抖。她只是愣愣地，盯着自己腿上汩汩冒出的鲜血。

一阵阵恶心，感觉嗓子发干。

阳光灿烂，照射着藏在山阴里的老顺的身子。怕被鬼子发现，老顺一个劲儿地往树荫下躲。

声音消失了，老顺才勉强伸出脖子，在树之间伸出了头。

返回的士兵们停在了张牧师身边，因为他们发现张牧师的身子还在动弹，于是，一个士兵拔出枪来，对准他的头就是一枪。

当！

惊飞了一群鸟儿。

呜！呜！

猫头鹰仿佛是无力哭泣的未亡人的代言者，连连发出呜咽。

稍后，老顺用颤抖的双手，将破破烂烂的裙子的一角放到嘴边。她用打战的牙齿咬住裙角，把头一甩，撕了下来。裙子被撕破，里子也露了出来，连大白腿也露了出来。但是，老顺已经无暇顾及这些了。

她用破布条绑了受伤的大腿。

老顺还是发出了呻吟。

这倒不是因为腿伤，而是腹痛难忍。

由于太过疼痛，老顺向后仰了下去。

疼痛始于下腹部，逐渐席卷全身。由于疼痛难忍，老顺张大了嘴巴，连牙花子都能看到了。

鹿沟的山峰仿佛是在挑衅她，倒映在她的眼中。

在这山谷之间，能够看到冒着的浓浓黑烟。

一肚子的委屈，伴着悲哀和疼痛袭来，让老顺发出"妈呀！"的声音。

一直连大气都不敢喘的老顺终于疼痛难忍，发出了呼救。

自幼失去母亲，由父亲一手拉扯大的老顺连连呼叫从未谋面的母亲。

在混沌中，仍能依稀看到在山脚下怒放的金达莱花。

老顺哆嗦着，拽住了金达莱树枝。

由于她使出全身的力气，金达莱花被连根拔起。

从肚脐眼开始，仿佛有火团在往外冒。

老顺感到下腹部有种难以忍受的热浪，她用双手扒着地，全力挣扎着。

感觉肠子里翻江倒海，随即老顺的下体涌出如同金达莱花般的鲜血，诞下了命运不济的孩子。

当浑身的力气快要用尽的时候，老顺咬紧牙关，用裙角接住了快要掉下来的孩子。

老顺抱住蠕动的孩子，用牙咬断了千丝万缕的脐带。

尽管如此慌乱，但是老顺还是看了一眼孩子的下体，是女孩。

豆大的眼泪又流了下来。

原以为把这辈子的眼泪都流干了，没想到眼泪却止不住。她把自己的脸贴到孩子的脸上。孩子似乎吓了一跳，发出了第一声啼哭。

真正听到孩子发出哭声，老顺吃了一惊，把孩子紧紧抱在怀里。她慌忙看了一下四周，好在倭寇已经退了。

河畔死气沉沉。

漫山遍野盛放着金达莱。

前面，后面，阳面，阴面，都是金达莱。

山脊上，山坡上，岩缝间，以及村子的边边角角都有金达莱。

然而被金达莱点缀着的村子却没了。

风从河面吹来，夹杂着金达莱花香。

感觉到风在轻轻地爱抚，老顺流下了热泪。

呜！呜！

不知从哪里传来猫头鹰含冤的哭声。

……

花　坟

漫山遍野盛放着金达莱。

春子拿着带泥的菜刀，呆呆地站在山上。

她只顾低头挖野菜，直起腰，伸了伸腰，没想到陶醉在把山野染成一片火红的金达莱美景中。

春子正值二八年华，缠着黑布裙子，白布衬衫。她连感叹都来不及，愣愣地看着花的美景。

金达莱花在任何人不屑看的山谷如同弃妇一样独自分娩，就如同失误，把漫山遍野染成红色，这样方才能够吸引人们的目光。

金达莱花不论是在山坡的入口，还是农田的阳面，都会尽情绽放。

花香扑鼻，阳光明媚，春子眯起眼睛，看着山下。

山下是一片山水画般的美景。

水田仿佛看不到尽头。过去，这里只种旱田，自从白衣民族来到这里后，才打来河水，开拓出水田。

一条小河将这一平原截成两部分。

河畔的柳树已经吐出新芽，熏风吹来，土地变得更加肥沃。

已经插完秧，平原绿油油的。由于今年开春解冻快，及早撒种，稻苗长势好于往年。

在杂草丛生的田垄上，黄牛在悠闲地吃草。

由于坐久了，春子的腿发麻，她用拳头在轻轻地捶着大腿。

春子的目光转向山脚下的路口。

那儿有一座坟。

一座花坟。

目光触及于此，春子不免发出了一声长叹。

据说这是从春子出生起就有的坟墓。

同其他的坟墓相比，这座坟显得特别大。

如果不知道的人看了，会以为是一个山脊。

坐落在村子入口的这座坟没有被围起来，甚至连碑名都没有。

但是，坟墓总是被拾掇得干干净净。由于精心侍弄，坟墓似乎越来越大。

坟墓坐落在村口，每个人下地干活或者上外面去的时候，都会经过这里，人们无法轻易走过这里，不能无视这里。

这座坟墓对于春子来说，有着某种恐惧、某种哀伤、某种哀怨。

每年一到这个时候，春子就会目睹村子里的人扑在那座坟上，哭得几乎要背过气去。

每当金达莱花绽放得鲜红、哀怨的时候，村子里的人就会采来一捧捧的金达莱花，盖到坟头上。

而且从金达莱盛开到凋谢，坟前总是会有如同失去配偶和子女的野兽般的号哭。

原来是村子里的女人们扑到坟头上就像比赛似的痛哭，还有的人哭昏过去。

春子的妈妈也是其中之一。

金达莱花一开，春子的妈妈就开始没日没夜地哭。

她会一瘸一拐地来到坟头，痛哭起来，原本她的声音就比别人高，这时，分贝就更高了。她一把把薅着坟头上的干草，哭得都背过气去。

春子平时没怎么看过妈妈哭。因为妈妈身体残疾，却又要撑起家庭，因此无暇哭泣。哭对于妈妈来说，无疑是一种奢侈。

但是一到这一天，妈妈就会放下一切，瘫坐在坟头哭泣，似乎要把一年的眼泪都流干。

也许因为妈妈哭得太凄惨了，年幼的春子不敢劝阻，只是懵懂地坐在坟头，和大人们一起哭。

而令人讨厌的是，布谷鸟也加入其中。如同布谷鸟悲切、委屈、啼血的哭声，春子不明白大人们为什么哭得那么凄惨。

离这座坟不远的地方，还有一座坟。

同村口的那座坟相比，这座坟很小，但是，坟前却有围栏，也有墓碑。

墓碑上写着"教会者张仁德先生之墓"。

等哭够了，妈妈老顺牵着发呆的春子的手，来到这座坟。

妈妈摁着不情愿的春子的头，踢着春子，让她跪下磕头。

"妈妈，这是谁的坟啊？"

可是不管春子怎么问，妈妈都不回答，只是将戴在头上的麻头巾拿下来，把墓碑擦得如同居家般干干净净。

妈妈一个字一个字细心地擦拭墓碑上刻着的字，看到有所褪色的墓碑，妈妈用嘶哑的声音说道：

"应该尽早给这里加点墨，似水流年，这里也褪色了，字迹都有些看不清楚了。"

擦拭完墓碑后，妈妈又激动地用毛巾捂住脸哭了起来。

能够读出墓碑的名字，还是在春子上夜校识字后。

迄今为止，春子也不清楚这是谁的墓，为什么妈妈在给那座大坟祭扫后，还要到这座坟来上坟。

尽管如此，春子也不想问谁，因为无论是村口的大坟还是小坟对于年幼的春子来说，都是可怕恐怖的存在。

那座小坟前放着一束金达莱花。

坟前肃立着一个人，风向转的时候，还能听到低低的哭泣声。

一动不动的那个人直起腰来，抬起头来。

那个人的眼角流着眼泪。

一刹那，春子直觉得心怦怦直跳。

是老师。

是村里教会的执事，夜校的小伙子老师。

那个春天的夜晚，寄居在春子家里的姑妈笑着说道：

"春子，以后你们不用再听会宁奶奶编的瞎话了，听说村里要成立夜校了。"

"嗯？是真的吗？"

春子难以抑制兴奋，问道。

因为贫穷，春子一直没上学。

一直以来，鹿沟也没有学校。原来是有学校的，但是在春子出生前，被日本人一把火烧毁了。鹿沟地处偏僻，要想去几十里以外的学校很不方便，因此，除了几个家境还不错的孩子以外，大部分都是像春子这样目不识丁之人。

"听说教会免费办学，老师也是从龙井请来的。"

"是真的吗？"

春子正在被窝里焐脚，一下子踢开被子，问道。对于和同龄的孩子一起听会宁家奶奶的故事长大的春子来说，这不能不说是一个好消息。

"听说老师毕业于龙井恩真中学，会说俄语、日语、汉语。"

姑妈为孩子们可以不再是文盲而感到高兴。

"丫头片子学习有啥用？"

一旁的妈妈冷不丁冒出一句。一到阴天，妈妈的腿就疼得受不了，她在揉腿。

"就一个姑娘，难道让她大字不识一个？"

听了姑妈的话，妈妈唠叨道：

"姐，你别和我掰扯。兵荒马乱的，没给她生得缺胳膊少腿就不错了！丫头片子学什么……就算学了，也不过是'读千字文的母猪崽子'。"

"倒也是……"

听了妈妈的唠叨，姑妈也没话说了。

但是，春子一直满怀期待。

几天后，春子见到了新来的老师。

不只是春子的同龄人，就连大人们也应老师之邀，聚到了教会。这是日军的大杀戮过去几年后，加拿大传教士在村子里建的教会。

在教会的讲台前，站着来自龙井的夜校老师。

"大家好，初次见面，我叫张暮岁。"

看起来也就二十五六岁的年轻人身着栗色服装，低头向大家致意。

"是年轻的老师。"

"哇，一表人才！"

村子里的人低声议论着，瞅着清清爽爽的夜校老师。

春子的目光也停留在夜校老师系好的风纪扣上。尽管油灯依稀，可是那枚扣子却异常闪亮。春子想，这枚扣子就像星星。

"可是老师，你的名字好奇怪呀，暮岁是什么意思？"

大家都觉得老师的名字有些奇怪。

"难道是取自《圣经》中使海水分开的摩西之名吗？"

河执事的老婆问道。

"我的名字是先贤给起的。"

夜校老师笑着说。

"我是'日暮'的'暮'字，加上'岁数'的'岁'字，因为我是岁暮出生的。"

解释过后，夜校老师又自言自语道：

"我也不清楚，也许我父亲希望我是杰出的。"

"你有个好父亲。"

不知从什么开始，大家已经开始对一表人才、谦虚谨慎的夜校老师产生了好感。

"夜校是干什么的？"

不知是谁问了一句。

听了人们质朴的问话，老师的嘴角泛起安稳的微笑。

"我给大家唱首歌吧。"

老师说道。

"好！"

"好，让我们看看新老师的演唱实力。"

听说老师要唱歌，大家都很开心。大家怀着好奇和期待，看着老师。

老师清了清嗓子，开始唱道：

这世上风波多患难疾苦多
我能够安心休憩的就是主　仁慈的主

他唱的是《这世上风波多》的圣歌。熟悉这首歌的教会的人们跟着一起唱起来。春子也跟着一起唱了起来。

"再来一首，再来一首。"

歌声唱完，人们忙不迭地喝彩。

"以后学了新歌，再一起唱吧！"

老师用食指捋了捋额前的一缕头发，老师的脸上始终洋溢着阳光般的笑容。

"再来一首，再来一首！"

大家都陶醉在老师的歌声中，纷纷要求再来一首。

"那我就再唱一首吧！"

被大家要求着，老师又唱了一首：

> 汽车嘀嘀行驶的道路
> 是工人农民修的路
> 修路的时候看热闹的人们走过
> 修路的心郁闷

老师用比刚才低沉的声音在唱，可是，刚刚还喧哗的四周突然静了下来。

> 饥肠辘辘　流血流汗务农
> 连一碗像样的米饭都吃不上
> 连水田水稻都不明白的
> 被白米饭养得白白胖胖

> 透过三层高楼玻璃窗
> 看到吃饱喝足的狗在睡懒觉
> 我在门前乞求

又冷又饿昏了过去

前面家仓库里传来米发霉的味道
饿了一整天
后院的孩子哭个不停
目睹这一情形心酸不止

老师低低地唱着歌，认真地唱到最后。虽说歌声低沉，可是，歌声化作波涛，拍打着人们的心房。有不少女人边听歌，边用裙角擦拭眼泪。人们忘记鼓掌，只是若有所思地看着老师。

"各位！"

唱完歌后，老师环顾了一下村子里的人。

"从明天起，教会也是夜校教室。明天就授课了，我想给大家留道作业题，希望大家听完后，能够认真想一想。"

老师凝视着大家，接着说道：

"各位，我们日晒雨淋，辛辛苦苦干一年农活，也吃不饱饭。我们辛辛苦苦一年，几乎累弯了腰，也攒不下一分钱。这些都是为什么呢？"

仿佛在等待回答，老师环顾了一下四周，却没有人回答。

老师自顾自地说：

"这些都是因为日本鬼子。日本鬼子夺去了我们的家园，榨取我们的血汗，是我们不共戴天的仇人。我们都是越江过来的。跨过深水的人都晓得，掉进河里后，如果一动不动，就会在挣扎一阵子后淹死。只有抗争才有活路。"

"嗯，这位小伙子老师！"

不知是谁，打断了老师的话，原来是话痨——春子的姑妈。看到姑妈打断老师的话，春子觉得难堪极了。

"老师，你总说曰本曰本，曰本是什么意思？"

老师的嘴角又泛起了微笑。

"您试着用脚踩一下日本的'日'字。"

老师似乎是用脚在踩着什么东西，夸张地抬起脚，"咣当"踩了一下地面。

"这样的话，'日'字就会变成'曰'字。完全扁了。"

大家哄堂大笑。

"曰本，有意思，太有意思了。"

"日本鬼子被压扁真是好事！"

等大家笑够了，老师接着说道：

"我们被曰本鬼子害得，失去了父亲，失去了丈夫，失去了哥哥！用眼泪和长吁短叹，我们找不回家园，找不回肥沃的土地。为了摆脱日本鬼子的统治获得自由解放，我们必须团结起来，战斗到底！为了做到这一点，我们就要学习！尽管很难，也许大家会想不学也无妨，但是，如果不学的话，何谈解放？更遑论幸福。学习不能懒惰。不知大家最近有没有留意过村子里的山？山上盛开的金达莱？建议大家不妨好好看看无论是在多么恶劣的条件下都染红漫山遍野的金达莱花！我们也应该像金达莱花一样绽放。"

老师握紧拳头，呼喊口号。老师的声音富有激情，双目炯炯。

春子像松鼠一样瞪着圆溜溜的眼睛，只是瞅着老师，像是魂儿被勾走了。

在昏暗的煤油灯下，仿佛只有老师的身影是明亮的。

仰望老师，春子都觉得眩晕，她从老师的背影感到了某种光环。

晚上从夜校回家后，春子在炕头点了煤油灯。

她把老师发的小册子紧紧抱在怀里，这是硬笔书法写就的教材。老师怕大家丢了或者换了教材，在教材的封面写上了大家的名字。

"你叫什么名字？"

老师，那位一表人才的老师靠近来问，春子一时之间都不知该如何回答，愣在那里。

听到老师的声音就在耳畔，春子的脸红到了脖子根。因为害羞，春子不禁脸红了，浑身发烫。

"你这孩子傻愣着干啥？连自己的名字都忘了吗？她叫春子，李春子。"

姑妈在一旁笑道，同时告诉老师春子的名字。

"春子？'春'是个好名字。"

老师拧开钢笔帽，说道。老师咬着钢笔帽，在春子教科书封面一角工工整整地写下了春子的名字。

沙沙的书写声扰乱了春子的芳心。

春子一笔一画地认真看着教科书封面上的字迹。这还是她平生头一回看到自己名字的三个字。

她一个劲儿地抚摸着教科书。

"'春'真是个好名字。"

仿佛又传来老师的轻声细语。老师的话语已经沁入春子的心扉，沙沙的书写声仿佛还回荡在耳边。

没有去夜校，早早就睡下的妈妈问道：

"你得到什么宝贝了吗？发什么呆呀！"

"这是新来的夜校老师给的书。"

春子回答着，可是，目光仍然没有离开教科书。

"快睡吧，别耗油了！"

妈妈有些不耐烦。

可是，头一回去看到的夜校和小伙子老师的面容却历历在目，让春子无法入睡。

老师的额头发亮，鼻梁很高，嘴唇是一字形的，真是一表人才……

老师的面容一直挥之不去。

"名字也好怪，头一次听说。"

春子小声地念着夜校老师的名字：

"张暮岁。"

她觉得脸发烫，赶忙用手捂住了双颊。

"用脚踹一下日本的'日'字，那样的话，'日'字就会成为'曰'字，完全被踩扁了！"

想到老师有趣的说明，春子扑哧笑了。

"这孩子有毛病啊？大半夜的傻笑。"

妈妈直起身，灭掉了煤油灯。

几天后，春子开始做饼，花饼。

春子在山上采来金达莱花，她精心挑选花蕊饱满的金达莱花。

她把采来的金达莱花折下花朵部分。

把花枝部分折掉。

把花朵部分轻轻一拽，花蕊和花朵一起掉了下来。

把花朵放到凉水里泡过后，捞了出来。

把花晾到阳面，晒。

在仓库里拿出一些江米面，倒了一些滚开的水。

而后，认真地和面，直到面发出亮光。

用湿纱布盖住了面盆。

而后，把面拽成元宵那么大，擀得圆圆的。

把和好的面放到热辣辣的铁盖上。

一面烙好了，又翻过来，放上已经准备好的金达莱花。

而后再翻过来，又烙熟了。

"如果有蜂蜜就好了，抹上一点也好啊！"

而后递给妈妈，让妈妈尝尝。

"连芝麻油也没有，应该不会有什么香味。"

做花饼的时候，春子有些不好意思。

她为自己偷了妈妈珍藏的江米面而感到羞愧，为自己没用油做而感到不好意思，为没有蜂蜜而难过。

但是，妈妈却没有问她为什么做花饼。如果换作平时，妈妈一定会骂："你这个丫头片子是饿死鬼吗？每天就知道吃！"

金达莱花饼有些发酸，可是因为精心制作，也发甜。黄油油的饼上点缀着花叶，吃起来有些可惜。

"原来，那个小伙子老师是张牧师的儿子。张牧师是谁？是我的救命恩人。"

看到做花饼的春子的背影，妈妈说道。

这一天，妈妈看了坐落在村口的大小两座坟。

就像是露出被什么猛兽咬一口的可怕的枪伤，妈妈向春子讲了张牧师的故事。

"如果见到老师，你好好谢谢他。虽说年轻，但是他是有知识的人。他毕业于好的学校，还在礼拜堂做执事。再说，他还是我们家恩人的儿子。如果没有张牧师，就不会有你，你也不会来到这个世上。"

她把花饼用盆包着，再用包袱包上，春子记住了妈妈的话。

到了傍晚，春子顶着用包袱包好的花饼，踏着月光去往教会。小伙子老师住在教会最边上。虽说放着花饼的木盆不那么沉，可是不知为什么，春子总是踩空。她后悔自己为什么没用更漂亮的家把什装。放到简陋的木盆里，春子觉得东西有些拿不出手。

其实，家里也没有漂亮的家把什。大家通常都是围坐在锅台吃饭，或者用水瓢装吃的。春子为自己没有漂亮的家把什装吃的而感到遗憾。

老师就住在布谷鸟啼哭的后山附近。老师的住处被用胡枝子栅栏围着，那里有金达莱花盛开，即使是在夜晚，也很明亮。

那花是春子悄悄折来的。

几天前，那还是花骨朵，不过几天的工夫，就成了要上婚礼厅的新娘子，露出了羞涩的容颜，散发着淡淡的花香。

金达莱花同春子不同，哪怕是在黑暗中，也毫不畏惧，毫不紧张，稳稳当当的。

金达莱花，哪怕你把它折掉，它却开得更加绚烂。金达莱花夹杂在胡枝子栅栏中间，开了几朵，战胜严寒，让暗淡的村子重现光芒。

金达莱花开之前，村子是寂静的，但不寂寞，是那种预示着即将发生什么事情的寂静。

而静不下来的是春子的心。这倒不是因为盆沉。老师的住所越近，春子的呼吸越急促，心里就像揣只兔子，怦怦直跳。

在栅栏外面，春子踩着石头，往有着依稀灯光的屋子里看，终于鼓起勇气，叫道：

"老师。"

没有回音。

是不是自己的声音太低了，春子想着，又叫了一声：

"老师。"

里屋的门窗映照着熟悉的身影，随即，门开了，老师走了出来。

"我是夜校学生春子，虽说不起眼，但请您笑纳。"

来的路上一直训练的话，却终是没有说出口。

老师的眼神亲切，平和，盯着春子在看。春子赶忙低下头来，瞅着开在栅栏四周的花。

春子只是捋着顺着耳根软骨流下来的头发，而后把盆推给老师，转过身来，跑着走掉了。

"谢谢你。"

身后传来老师轻轻的笑声。

"你把盆忘那儿了？怎么空手回来了？你怎么干事总是这么粗心大意的！"

虽说受到妈妈的埋怨，可是，春子的心是甜的。

春子羞涩地陷入沉思，等她抬起头来，发现一直在坟头徘徊的老师不见了。

提着菜篮子，春子穿过树林，下了山。

看到春子提着菜篮子也才进屋，妈妈说道：

"走了，张牧师的儿子。"

"什么？"

春子一直握着的带泥菜刀掉到了地下。

春子赶紧跑着来到外面。她扶着张老师家的门，远远地、呆呆地看着村口。

在小伙子老师必经的山路，盛开着白色金达莱。

月夜弥撒

其实对于贫穷的人来说，金达莱也是可怕的花。因为它告诉大家的是储藏多时的粮食已经吃完，几乎没什么可吃的了。

虽说很少有人将金达莱与饥饿联系起来，但这却是不争的事实。

金达莱是告诉大家严峻考验即将来临的花。

而且每到这个时候，也有让春子害怕的东西，因为，母亲会把春子撵到图们的姨妈家。

虽说大多数小孩喜欢上姥姥家玩，可是，春子却讨厌，不是讨厌那么简单，而是感觉就像去了阎王殿。

粗心大意的妈妈让春子上姥姥家，可不是让她去玩。每到春天，妈妈让春子上姥姥家有着难言之隐，因为她是让春子去向姨妈借钱。

姨妈家在灰幕洞（图们）去往朝鲜稳城的关口开了家客栈，日子过得比春子家富裕。

老顺家几个女人披星戴月地干农活儿，也只够糊口。吃苦不算什么，问题是很难过关口。所以，她只能厚着脸皮伸手要钱。

刚开始，老顺去借了几次，后来，等春子长大了，就让春子去借了。

刚开始，春子也很激动，一想可以离开鹿沟去姥姥家玩。可是去过一次后，春子就再也不想去了。因为姨妈家人很是瞧不起她们。

春子忘不了那些轻蔑的眼神。姨父正在吃饭，连和外甥女说声一起吃吧都没有，而正在刷碗的姨妈则发出"叮哐"的声音，感觉很不好。

春子赖着不去，母亲就大发雷霆，春子还犟，母亲气急败坏，打了她。

尽管母亲枯瘦如柴，腿又瘸，可是性格硬，在村里，坏脾气也是有名的。

"那我们一起饿死吧，马上就断炊了，还要什么脸面？你这是随谁了？这么蠢？"

妈妈死劲薅着春子的头发，可是，春子咬着牙坚持。春子的性格历来对妈妈言听计从，可是，春子还是拒绝了。去年春天，母女俩几乎饿死，勉强熬了过来。

又到了借钱的时候，妈妈这次下定决心，望着春子，张了口：

"你去图们还是不去？"

可是，下一瞬间，妈妈却惊得瞠目结舌，因为春子的回答是：

"妈，我去！"

春子回答得很干脆。

第二天，春子就上路了。

因为是短头发，春子用井水洗了头，尽管裙子有些褴褛，但春子还是洗干净后上了路。

看到春子着急忙慌地赶路，妈妈意味深长地看了下春子。

横跨灰幕洞（图们）和朝鲜稳城之间的河上正在新建一座桥，动员了很多人力，其中就有鹿沟的人。春子同村子里的人一道坐牛车上了路。

在散发着汗臭味的壮丁中间，呼吸着呛人的粉尘味道，春子宁愿忍耐一整天的不适，也执意要去灰幕洞，当然有其理由。

因为张暮岁离开教会，前往的下一个目的地就是灰幕洞。

一直以来，张暮岁的身影徘徊在春子的心里，让她辗转反侧。但是，却没有人理解姑娘的心。春子对小伙子老师的一片丹心就如同初潮的女孩因失误沾染上了裙子，既抹不掉，又不想让别人知道。

坐上牛车离开村子后，春子觉得好像有什么东西在拽着她的脚。

她本能地回头看，发现山脚下金达莱如同做最后的挣扎，在盛放。

果然不出所料，姨妈和姨父对待春子冷冰冰的。

可是，和春子同岁的表妹光玉热情地接待了她。

姨妈一家原来也住在鹿沟，几年前说要开旅店，就去了灰幕洞。一直以来，春子和光玉的关系都很好。光玉皮肤黝黑，性格开朗，看到春子突然冒出来，开心地笑了。

晚上，两个人一起去了教会。

从光玉家旅店向外看，能够看到教会的房顶上有个十字架。从旅店往外看，能够看到教会的窗户是明亮的。

教会坐落在河畔，在规模上与鹿沟的教会规模根本不可比拟，规模很大。这是用红砖建成的二层小楼。至少，这里通电，比点着煤油灯的鹿沟的教会更加明亮。在伸手不见五指的黑夜，明亮的教会里面就如同梦中的世界。

隔着曼陀铃模样建成的教堂彩窗，透出昏黄的光芒，传来隐隐的歌声。

悠悠传来的圣歌声覆盖着教堂周围，让汗液的空气温柔。

由于为了躲避姨妈的眼神，她们的礼拜时间迟到了。

姨妈家人表示"我们不信什么上帝之类"，只有光玉出于好奇，去教会看看。

春子和光玉脱了鞋，蹑手蹑脚地走进教堂。

红色建筑教会里已经人山人海。尽管人多，可春子还是一眼就认出了张暮岁。春子的脸如同满月，她的目光一直在追随张暮岁。

碰巧赶上张暮岁说教完，走下讲台，走到放在一角的风琴旁。年轻的执事用一只手扶住了风琴。

女乐师打开了风琴盖。乐师和张暮岁的眼睛碰到了一起。随后，乐师的手轻轻地落到键盘上，美好的旋律流了出来。于是，张暮岁浑厚的声音伴着乐曲，如潺潺流水：

　　轻轻地躺在绿草坪上
　　引导我到河里休息
　　让我的灵魂茁壮成长

　　主为了您的光荣
　　引导我的人生能够走捷径

一刹那，春子就陷入歌声里。她被旋律打动，进入了幻梦里。

她幻想着，自己被什么人的手拽着，走向绿草坪。

前面出现了一个小泉。

抓住她手的人舀来泉水，倒到玻璃器皿里。

舀来如同圣水般的清水，倒到春子的头到脚后跟。

春子温暖地用全身接过那个圣水。

舀来圣水，轻轻地浇春子身体的人正是张暮岁。

不知是谁捅了一下春子的腰，春子从幻境中醒了过来。

是光玉。

"你看看那个弹风琴的女人。"

光玉用食指碰了碰春子的腰。

"漂亮吧?"

听了这话,春子收回了紧盯张暮岁的目光。

和夜校老师相得益彰弹风琴的女人长得真是倾国倾城。

"杨贵妃也比不过她,是吧?"

光玉慢慢地直起身子,靠近春子的耳朵,小声说道。

她身着黑色的唱诗班成员制服,翻领白领,那个白领如同百合一样,倾泻在白皙的脖子上。

而那饱满的黑头发又围拢着那百合般的面容。

怀着冥想,俯视的眼睫毛那么长那么美。

敲击键盘的每一个手指如同莲花枝子般柔细。

哎呀,那么整洁、优雅、美丽、神圣……用这世上所有美好的修饰语修饰都觉得不够到位,漂亮的唱诗班成员正在弹风琴。

在明亮的灯光照射下,风琴泛着金黄色。

在风琴下面,女人的那双脚在舞动。

她手脚并用,风琴里流出美妙的音乐。

"她叫朴英信,是我们教会唱诗班成员的主力。"

光玉又小声说道。

在前排,一位绅士转过头来,冲着她们做着手势,让她们小声一点,光玉不好意思地吐了下舌头。

但是刚消停一会儿,光玉又开始咬春子的耳朵:

"这个女人朴英信……是这家教会牧师的三女儿,所以才会如此有光芒。"

光玉只顾自言自说,可是,春子的眼里只有张暮岁。

"都说志同道合,这个英信是张执事的爱人。"

春子一直对光玉的话不太重视,可是听了这话,一直看着暮岁的春子猛地转过头来，盯着光玉看。

"你说什么？"

春子不由自主地吼叫起来。

前排的目光齐刷刷地看向她们。

春子都不知道牧师说教了多长时间。

春子都不知道唱诗班成员唱了几遍歌。

夜深了，信徒们都从教会走出来，纷纷回各自的家。

只有春子留在了教会里。

春子说她要向执事转达家乡人的问候，光玉就先回家了。光玉认为家就在跟前，不会有什么大事儿，就先回家了。

光玉临走的时候，又问了句：

"你没事吧？"

光玉似乎也看出春子的情绪有些低落，追问道。

春子勉强笑了笑。

就如同把亚伯埋到泥土里后，将双手藏到身后的该隐一样，摇了摇头。

教会只剩下张暮岁和那个叫朴英信的唱诗班成员。

他们关上风琴的盖子，锁上了。

整理了坐垫，用笤帚扫了扫地面。

最后，两个人一起走出教会。

张暮岁锁上教会的门，把钥匙递给朴英信。

他们出来后，春子急忙藏到了院子一角的柳树后面。

两个人没有急着回家，而是并排坐到了教堂正门台阶上。

春子感觉自己的血流快了，脉搏跳动得也更猛烈了，喘不过气来，心揪成了一团。

月夜，不知从哪儿传来了鸟鸣声。

月光原本皎洁，可是等二人一出现，仿佛要守护二人的幽会，月亮也藏到了云彩后面。

黑暗笼罩住了二人，而春子则不知所措，不知该怎么办。

"一定要走吗？"

英信望着暮岁问道。声音却很低沉，完全不同于演唱圣歌时候的美妙歌声。

暮岁紧紧地抓住英信放到膝盖上的双手，盯着英信的眼睛，说道：

"对灵性的追求永无止境。我还有很多不足，切实感受到还要学习神学。我会以称职的牧师身份回到英信身边。我想到了那个时候，你父亲也会接纳我的。"

呼，英信长出一口气。暮岁用臂膀紧紧地搂住英信。

"我是暂时离开，又不是永别。"

英信又叹了一口气，说道：

"听说崇实专科学校在平壤也十分有名，是由外国传教士建立的学校，从那儿毕业后，您就会成为真正的摩西。"

英信的脸颊上泛起了红晕，敬仰地看着暮岁。

"如今兵荒马乱的，大家都在盼着能够出现拯救民族于水火之中的真正的摩西。"

紧握着英信的手，张暮岁说道。

送别恋人的英信的表情是沉重的，她低着头，只是摸着唱诗班成员制服的扣儿。

"您好好学，回来再教我！"

"教谈不上，一起学吧！"

暮岁欣然答应。

英信在认真听暮岁讲话。

"近来，有许多问题摆在我们兄弟姐妹面前。现实生活中更是如此，我认为，在如此的黑暗中，我们更应该深思熟虑在这黑暗中能够做些什么。这也是我父亲一直思索的问题，也是我应实践的。我不辞辛苦去鹿沟也是出于这种想法，现在要去平壤的专科学校，也是出于这种考虑。"

"我相信您！"

英信又抬起水汪汪的大眼睛，瞅着暮岁。

"别太难过，三年的时间很快就会过去。而且，相信主会以圣灵赐予我们比分离的悲伤多十倍、百倍的喜悦。"

暮岁举起手，轻轻地擦拭英信流泪的眼角。

"我也会留在这里，思索我该做些什么。我会一直为您祈祷。"

英信握住了暮岁的双手。

暮岁也握住了英信的双手。

"我们民族目前处于黑暗中，为了战胜这一黑暗，和神的约定与爱绝对必要。黑夜沉沉，这十分必要。让我们祈祷。艰难的时候，让我们辛勤地祈祷。"

二人将双手郑重地放到前面，在黑暗中轻轻祈祷。

"主啊，现在这里什么都看不见，能够看得见的只有痛苦的、斑驳的黑暗。现在这里只有蔑视、冷淡和痛苦，不过相信在不远的将来，这里会成为天赋之地。

"主啊，请守护我们的信任，阿门！"

"主啊，请守护我们的信任，阿门！"

祈祷完毕，二人消失在黑暗中。

二人如同海市蜃楼般消失了，教会的前院如同深水般一片寂静。

尽管他们消失已久，春子藏在柳树后面，如同树枝一样，一动不动。

感觉好像心脏掉了出去，春子赶紧把手轻轻地放到了胸脯上。

河风吹来，吹起春子裙子的衣角，她才回过神来。不是春天，也不是夏天的季节，却让春子感到了心一阵阵发冷。

春子藏了一阵子，从树后面走了出来。

春子担心是不是有人在偷看自己，赶忙环顾了一下四周。

饥肠辘辘，肚子"咕咕"叫。

坐了一整天马车，夹杂在男人中间，连带来的饭也没顾上吃，抵达灰幕洞后，因为不喜欢姨父鄙夷的神色，连晚饭也没吃好。而同肚子"咕咕"的叫声相比，心里更难受。

这是为什么呢？

难道我是为了看到这种结果，才坐了一整天的马车，来到这里的吗？

为了自己倾慕的男人，我折来花，做花饼，而且风尘仆仆地来到这里，究竟是为了什么？

来时的兴奋与激情还未消失，可是，现实却是如此无情。

呱呱呱。

不知从哪儿，又传来青蛙刺耳的叫声。

"你以为什么是傻子？你就是傻子。"

春子想起了妈妈经常骂她的话。

（是啊，没错，我就是傻子，傻子。）

春子扑哧一声，自嘲似的笑了起来。

春子觉得陷入无端空想的自己就如同急早从冬眠中苏醒过来的叫唤的青蛙。

突然想起了"天外有天、人外有人"这句话。

英信的美貌令人目眩，春子不免有些感到底气不足。英信既是牧师的女儿，又倾国倾城，同其相比，自己真是相形见绌。

自己不过是瘸腿的村妇生的粗糙、卑微的女孩子，就如同蚯蚓和青蛙，实在是微不足道。

而自己单相思的对象又是渴望成为牧师，准备念专科学校的美男子，同时还是母亲救命恩人的儿子。

自己简直是痴心妄想！

春子一个劲儿地捋着卷起来的裙子，挡住几乎要露出来的肌肤，用细小而朴素的爱抚安慰自己。她终究忍住，没让自己发出悲叹。

身心摇荡，春子使劲把头往后仰了仰。

老天爷仿佛不了解春子的心事，一轮圆月挂在天上，还有银河。

对于有些人来说，这是祝福之夜，而对于另一些来说，这是失落之夜。

月光、星光泻下来，罩住了疼痛、哀伤、苦难的心灵。

湿润的眼珠里，倒映的满是群星。

第二部

坠入隧道

早晨驶离站台的火车仍然行驶在路上。

这是非常老旧、给人以破败印象的火车，椅子是木制的，没有椅子垫，而且脏兮兮的，还有一些被烟头烧过的痕迹。

如同载着货物蹒跚而行的老黄牛，火车一直慢悠悠地行驶，可是过了灰幕洞车站后，火车行驶得越来越快，从车窗望出去，能够看到开阔的田野。

春子伸着脖子望向窗外。车窗外的风景也不过是一望无际的山脉和黑土地，间或有弯弯曲曲的蛇形一样的河流。虽说相同的风景在重复，可是，春子没有感觉到单调，而是全部放进眼里。

火车去哪儿，春子不清楚。

透过车窗吹进来的山风、河风在告诉人们这是什么驿站。

第一次坐火车，那种陌生的味道让农村姑娘难免有些慌张。

沿途的房子均凌乱不堪，显得那么暗淡。但是只要窗外出现人家，春子就会怀着好奇心和莫名的喜悦，把脸贴到车窗上，失神地望着窗外。

火车有时会停靠在连站舍都没有的小站。说是小站，也不过是对着漆黑的煤砟和立着的站名。还没等仔细辨认曲里拐弯的站名，火车就疾驶而过。

到了站，肤色异常的中国旅客蜂拥而上。车厢里，全是说些生硬中国话的人。偶尔也有日本人，他们以为狭窄的车厢通道是坦途，大摇大摆地通过。

车厢里充斥着刺鼻的香烟的味道，不知是谁在喝，还夹杂着呛人的白酒味。从车厢连接处的公用厕所还传来臊臭味。

火车停靠的时间很短，而后，又"哐啷哐啷"地行驶，就如同领着一帮小孩子的家长，拖着有着几十个车轮的火车继续艰难地行驶在黑土地上。

春子也重新把目光转向窗外。按说应该感到倦怠了，可是对于平生第一次坐火车的春子来说，窗外的风光如同活动照片，令人目眩。

突然，随着"唰"的一声，视野漆黑一片。春子大吃一惊。

原来是火车进入了隧道，耳畔传来隧道中的风敲击的声音。呛人的煤烟味透过车窗，闯了进来。

天棚的电灯仿佛在瞪大眼睛。只有车轮声依稀可见。春子哆嗦着，瞅着电灯。

如同掉入深渊，春子感到眩晕和胸闷。就像被什么惊着了，春子呆呆地看着窗外。

被灯反射的车窗如同镜子一般，照着乘客的面容。

车窗中，身穿白衣黑裙子的姑娘吃惊地看着春子。春子瞪大双眼看着那个模糊的影子，确认那是自己后，春子不免大吃一惊。

春子久久凝视着黑色车窗中那个依稀的轮廓，就那样无声地坐着。

这几天对于春子来说，似梦非梦。

前天，第一次看到火车，今天第一次坐上火车。

那天凌晨，春子悄悄去了灰幕洞车站。

教会的人们一大早都去送要到平壤学习神学的张暮岁。

在教会前面的胡同里，牧师和执事以及教会的信徒在嘱咐着张暮岁。

暮岁身旁，站着唱诗班成员英信。

虽说一大早大家都没睡醒，可是，英信却像拂过河面的燕子，那么清新美丽。

二人快步走出胡同，前往火车站。

前来送行的教会的人们都散去后，春子从路旁的电线杆后面探出了身子。

昨晚，在月光皎洁的教会小院里，春子确认了二人之间的关系。

在牧师的三女儿、有着倾国倾城美貌的英信面前，春子觉得自己实在渺小。

特别是二人充满柔情蜜意的对话让春子心痛。

春子整夜无眠，看到她辗转反侧，大大咧咧的光玉就像火上浇油，来了这么一句："那个英信，那个唱诗班成员唱赞歌的女孩子，是这儿灰幕洞的名人，真是羞花闭月，是吧？"

"张执事也是，不正是春香等待的李梦龙吗？明天一早张执事走后，英信真的就成了等待去往汉阳的春香了。"

"什么？明天一早就出发？"

春子直起身子来，反问道。

"嗯，听说坐火车去。"

光玉一个劲儿地叽叽喳喳。

"这下子该有人以泪洗面了。"

虽说这不是指自己，可是，春子还是流泪了。

不知何时，眼泪顺着脸颊流了下来，由于被月光照着，泪珠有些像晶莹的珠子，春子赶忙用手背擦掉。好在在黑暗中，光玉没有注意到。

突然，春子有了向光玉倾诉的想法。尽管光玉大大咧咧，可是此时，春子就是想倾诉。

此时此刻，哪怕是路人，春子也想抓住他，倾诉一番。

如果拽住什么人，向其展现自己的心境，那么，自己的心情是否能好一些？

可是，光玉早已进入梦乡，打起了呼噜。

春子在黑暗中独自坐着，把头埋在膝盖中间，整夜就像尊雕塑那样坐着。

东方泛起了鱼肚白，春子像是被什么牵引着，离开了姨妈家。

昨夜，一宿未眠，眼睛红肿。

虽说觉得自己有些可笑，可春子就像是被磁石吸引着，不由自主地跟在了他们后面。

走在前面的两个人脚步匆匆，而春子则紧跟在他们后面。

前面的两个人走进了火车站。

春子就如同进到衙门里的鸡雏似的，瞪着双眼，环顾着火车站。春子是第一次来到火车站，也是平生第一次见到火车。

火车站里来了很多前来送行的人。

春子如同走独木桥，小心翼翼地迈上了火车站的水泥地面。

看到硕大的火车停泊在铁轨上，春子把眼睛瞪得溜圆。

火车的铁门开了，卸下了一批乘客，又装载了一批乘客。春子像看西洋景似的看着。

上了火车的乘客忙着往行李架上放行李。

而后，把车窗纷纷抬起，伸着头，向窗外看。有的人将行李从车窗里往里放，也有的人和前来送行的人握手话别或者挥手告别。

前来送行的人中，有的人哭出了声，而远行的人则强忍着不哭，但是眼眶已经红了。

如同战争，在拥挤的人群中，春子就愣了那么一会儿工夫，心上人的影子就不见了。

春子着急忙慌地在找暮岁。

春子几乎要哭出声来，东一头西一头地在找。

所幸，春子找到了自己一直紧跟着的那个人的身影。因为在人山人海中，俊男靓女的身影还是那么显眼。

暮岁身着西装，拎着行李。

对于出远门的人来说，暮岁的行李不多。虽说打扮简单，可是春子认为一手握着火车票、一手拎着行李的暮岁很帅。

英信紧紧跟在暮岁的后面，亦步亦趋。送别恋人，英信的表情是复杂的，低着头，只是抚摸着裙摆。

快要上火车了，暮岁和英信面对面站着。

两个人的额头都快要贴到一起了。

春子藏在站舍的大柱子后面，一个劲儿地揪头发，偷看着这一切。

"昨晚我已经说过了，我是为了学习暂时离开，又不是永远不再回来。你得笑着送行啊！"

"嗯。"

英信点点头。

但是，并没有抬起头来。英信长长的睫毛上有了晶莹的泪珠。这对恋人连一瞬间都不愿意分开。

"三年的时间说长就长，说短就短，还有，放假的时候，我也可以回来啊！"

"是。"

英信只是点头。

英信长叹了一口气，连春子都听到了。英信开口说道：

"希望您专心读书，成为真正的教会人员。"

暮岁用力地点点头。他热切地看着英信。

紧握住英信的手。虽说意识到有人在看，脸红了，可是，英信并不想抽出手来。

张暮岁用双手紧紧地握着英信的小手，开口说道：

"我会为你祈祷的。"

暮岁拿下挂在脖子上的十字架，用双手虔诚地捧着，低声祈祷：

"仁慈的主啊，信仰总是独自留下的。因此有了信仰，就会孤独寂寞。为此，人们总问，为什么要走这条路，是不是应该走这条路？但是在这寂寞的路上，主与我们同在，见证我们的眼泪，知道我们的哀叹，听见我们的祈祷。知道我们的信任足够成熟，有耐心等待。祝愿我们的姊妹要依靠'主的等待'，度过每一天，阿门！"

丁零零。

站舍响起了铃声，春子就像被火燎了一样，吓了一跳。

伴随着铃声，设置在铁轨旁的指示灯显示红灯。

暮岁上了车。

呜！

汽笛响起。几乎要震聋耳膜的汽笛声再次惊着了春子，她真的是大吃一惊。她瞪大双眼，好奇地看着吼叫的火车。春子看着有着无数车窗的火车怒吼着，从自己面前驶过。

火车刚一驶离，站台上就开始喧哗起来。前来送行的人们开始散开，人们都跟着火车一起奔跑。

人们跟着火车跑，同火车上的人们告别。身着制服的站务员们像巡警一样来回巡视，拨开缠在火车上的人们。

英信握着手绢，堵住了嘴，可还是没止住哭声，都传到了春子的耳朵里，春子也只觉鼻子一酸，咬住食指忍住了要流出来的眼泪。

为什么？我为什么会这样？

即使是在如潮的人海中，被推搡着，春子的耳畔也始终回荡着这个问题。自己本应是与这一送行人群毫无关系的，也没有送行资格的人。

也正因如此，春子几次要冲出去，又几次作罢。

我算什么呀？对于暮岁来说，我算什么？他已经有了心上人。

正因为自卑，春子一直追随着暮岁来到车站，却不敢出现在暮岁面前。

躲在站舍的柱子后面，望着远去的暮岁，春子没敢出现。

就是这样纤弱的、没有主见的春子，没有勇气出现，袒露自己的情感。

春子本就是个害羞的农村姑娘。

春子只是盼着暮岁能够发现她，冲她挥挥手。

暮岁把头伸出窗外，在挥手，挂在脖子上的十字架在晃动。英信也在冲他挥手。

一直像个负罪的人一样藏在站舍柱子后面的春子突然想，也许这样会一辈子也见不到暮岁了。

一想到此，一直憋着，呆呆地站着的春子从柱子后面走了出来。

一直注视着英信的暮岁的目光与从柱子后面走出来的春子的目光碰到了一起。

感觉暮岁的眉毛动了一下。

暮岁的肩膀也在抖，他把身体又向外探了探。

不知喊了什么。

呜呜。

一刹那，汽笛响了，淹没了暮岁的声音。

车窗如同镜框，装上了暮岁的面容，消失在春子的视线中。

长长的火车突然缩小成像春蚕一样，直至消失在人们的视野中。

"暮岁君……"

这是从眼眶红肿的英信口里发出来的呼声，用几乎任何人都听不到的声音在喊，可是，春子却分明听到了。

这是河影浮动的春天，春子一直在望着铁轨，直到它的尽头。

"执事！"

春子的心分明也像英信一样在呼叫。

前来送别的人们抽泣着，离开站舍。摆脱了悲伤，大家看起来都有些筋疲力尽。乘客如同被拔萝卜似的，依次从站台走了出来。

不知什么时候走出的站口，英信也不见了。

尽管火车已经消失，可是老的站务员还在挥舞着手中的小旗，春子突然悲从中来，用双手捂住了嘴。

火车发出怒吼在疾驶，站台上只余下哀叹般的寂静。

在寂静的站台，春子仍然靠在柱子上，因为不靠着柱子，春子觉得自己简直要倒下了。

理不清任何头绪，心是憋屈的，荒凉的。

不知道是麻木、悲伤、苦痛，就那么呆呆地站着。

呜呜！

汽笛声响，每逢汽笛声响，春子就被吓一跳。

火车在"哐啷哐啷"地行驶着，汽笛声刺耳。

夜已经很深了，只有车轮在发出有规律的震动，车厢就像坟墓一样沉寂。一整天像集市般热闹的火车突然沉寂下来，春子都觉得有些奇怪。

想入睡，却睡不着，一会儿又被惊醒。

又开始晕车了，火车沿着两条铁轨，"哐唥哐唥"地摇晃的时候，春子就会觉得头晕恶心。

春子觉得憋屈，直用拳头捶胸。

"你还好吧？"

一旁的光玉问道。

招女工

"丫头片子大晚上的上哪儿去了？"

那一天，看到眼睛红肿的春子进屋，姨妈破口大骂。

那声音和妈妈的声音太像了，春子不免大吃一惊。

感觉自己不是在灰幕洞，而是回到了鹿沟的家里。

骂声突然让春子有了种现实感。

春子又有了担心，心上像压着块大石头。

来姨妈家已经有两天了，姨妈根本没有借给钱的意思。不给做像样的饭，只给眼色看。刷碗的时候，也故意弄出响声，还骂春子是不会看眼色的家伙。

尽管如此，春子仍然在姨妈家挺着。因为同姨妈的刻薄相比，她更不明白该如何回到鹿沟。

妈妈含辛茹苦，独自一人将女儿抚养成人，就如同老暴子的性格，春子太清楚，自己空手回去会是什么结果。

去年，天公也不作美。

插秧季节，天气却异常干旱，而到了夏季，却发生洪涝灾害，河边的几间民房几乎被水冲毁。

因此，产量只有常年的一半多。

因此，饥饿提前到来了。

肚子饿得咕咕叫，而妈妈的唠叨日益严重。

这种担心让春子收起了为单相思流的眼泪。

那一天，春子同样站在姨妈家旅店前的胡同，用脚跟在挠着地。她下定决心，今天一定要厚着脸皮和姨妈借钱。

但是，由于姨妈的性格不亚于妈妈，春子不免有些发怵，不敢走进旅店。

看到春子在胡同里徘徊，不知是谁叫住了她：

"哎呀，小姐真漂亮！"

一个打扮时尚的女人踩着高跟鞋，发出"嗒嗒嗒"的声音，走近春子。离得大老远，她就开了口。

这是个四十出头的女人，颧骨很高，脸上厚厚地涂了一层粉，就像抹了白灰。

摇摇摆摆走来的女人穿着套装，拎着坤包。

尤其吸引春子视线的是这个女人卷曲的烫发，春子觉得自己的辫子有些土气，害羞地摸着辫子。

女人走路，皮鞋发出的声响很刺耳，靠近春子，一股浓郁的香水味扑鼻而来。

为了找到现实感，春子如同仰望阳光一样，正面瞅着女人。

"看起来很机灵，小姐，你想不想到工厂做工？"

"您……是……"

春子觉得自己快被浓郁的香水味熏迷糊了，好不容易打起精神，问道。春子的表情就像找错旅店的旅客般发蒙。

"我们是奉天（沈阳）滨江纺织公司的。"

女人自我介绍后，问春子：

"你识字吗？"

"嗯，会一点……"

春子还是抚摸着辫子，用蚊子般低低的声音，害羞地回道。

女人从包里拿出纸片，递给春子，并且用食指抠着纸上的字。

女人的手上涂了红色的指甲油，春子觉得很新奇。春子曾经看过凤仙花的水，可是和这种艳丽的颜色相比，真是太逊色了。

在夜校里学了一些字的春子顺着女人的手指的方向，在念着字。就好像那个火红色的指甲是巫婆的彩带，在呼唤她、引领她。

春子就像被催眠了，逐字念下去，不由自主地读出了声：

"滨江纺织公司为了拓展事业，现补招女工。凡十八岁以上、二十五岁以下的健康女性均可报名，优先考虑擅长日语的女性。月薪为五十元。欢迎有意者应聘。"

"哎呀，念得真好（日语）。"

女人的嘴里突然冒出了日语。女人赶紧换了话题。

"真不错，长得漂亮还识字。"

女人的嘴就像抹了蜜，春子的脸红了。

女人开始对广告文一一进行解释。

由日本的一家贸易商社成立的滨江纺织公司接手首尔的纺织公司后，为了拓展事业来到满洲，需要大量的女工。

"这不是天上掉馅饼的事儿吗？"

涂着口红的女人的嘴唇里蹦出了这样的话。

女人的声音洪亮、粗犷，给人以热情的印象。

春子就像是在看魔术师熟练的技巧，呆呆地盯着一直往外冒华丽词句的女人。

"漂亮的姑娘怎么可以用纤纤玉手干农活呢？应该到城里成为女工，好好过日子。你去看就知道了，简直就是世外桃源。"

尽管滔滔不绝，可是女人的眼神从未离开春子。看到女人赤裸裸地盯着自己，春子的脸发烫。

"如果你答应了，一个月就能挣五十元，一年能挣六百元。这样干几年，就能摆脱贫困，还可以嫁到好人家。"

看着水灵灵的春子，女人说了一句：

"你要答应的话，我们就先给你们付十元钱。"

女人说着，看春子的反应。女人深陷的眼窝里的瞳孔就像要吞没春子似的。

"啊！预先支付？"

春子的眼睛就像孩子们看到糖，发亮。

六百元对于春子来说简直就是天文数字。她不知道那是多大金额的数字，也不敢奢望。但是，预先支付的十元钱如同春风一样撩动起春子的心。

仿佛是要证明自己说过的话，女人从包里拿出了纸币。

春子的目光都转向了红色纸币上。

妈妈让春子向姨妈借的钱就是十元。辛辛苦苦劳作一年，等到秋天才能还清这笔钱。可是如果去做纺织工，每个月就能挣比这还多的钱。

春子用舌头舔了舔发干的嘴唇。

"好，我去！"

传来了答复声。

但是，这声音却不是从春子的嘴里发出来的。

声音出自春子的身后。

原来是光玉。

不知何时，光玉站到春子身后，她是个急性子，抢在春子前面，回答道。

光玉有些不好意思，还吐着舌头，冲着春子开心地笑道。

一刹那，春子感觉有了坚强的同盟军，挺起了肩膀。

春子也冲着那个女人点点头。

春子强忍住激动的心情，说道："我也去。"

女人摸了摸颧骨，笑了。

不知走了几天几夜，总算下了火车。

刚开始出于好奇坐的火车，可是真正坐了几天几夜，才发现坐火车也是个辛苦活儿。

春子和光玉就如同拆开的行李，不知是夜晚还是白昼，似梦非梦间，伴随着火车的汽笛声和晃动，辗转反侧。

一听说要下火车，春子来了精神头。

春子原以为漫漫旅途遥遥无期，要下火车了，她几乎要欢呼起来。

刚要下火车的春子突然停下了脚步。

外面笼罩着浓浓的晨雾。

浓雾使得能见度特低，春子突然涌起一股恐惧感。

"怎么了？快点下火车！"

前来招工的女人在后面推了一下春子，由于女人用了力，春子差点儿摔下去。

"这么磨蹭，能挣到钱吗？"

颧骨高高的女人骂骂咧咧的，还催促着其他孩子下车。

被女人推搡着，春子下了车。

火车上除了春子，还有几个年龄相仿的女孩子。

有的来自灰幕洞，有的来自龙井村，有的来自局子街，有的来自会宁。

"我叫顺花。"

来自局子街（延吉）的大个子姑娘先挑起话题，做了自我介绍。

"我叫慧淑，来自龙井村。"

这是个十分纤弱的姑娘，感觉一捏就会碎。

"我来自会宁，叫玉儿，姐姐们请多关照。"

来自会宁的这个孩子也就十四五岁，有着一双明亮的黑眼珠，非常纯真。那双眼睛那么无邪，分明还是个孩子，因此显得有些无辜。

"哎呀，还是个尚未摆脱稚气的孩子，你是怎么知道有招工的？"

光玉连连发出"啧啧"的声音。

唰。

火车就像被吸入到隧道里。

依稀可见在黑暗中微笑的光玉雪白的牙齿。

春子晕车，可是光玉却没事。光玉很精神，看起来还是那么激动。

大家都像光玉似的朴实，虽说显得有些不堪，可是眼神却满怀期待。大家打过招呼后，变得不再陌生，甚至开起了玩笑。

在奔跑的火车上，那个颧骨高的女人自我介绍道："为了滨江纺织公司招工事宜，特地从日本赶来。"

"什么？"

春子瞪大了双眼。

"原来是日本人？"

春子为这个女人能说一口流利的朝鲜语而感到吃惊，这才想起这个女人不时冒出来的听不懂的日语。

"看样子，那个纺织公司是日本人开的公司。"

光玉咬着春子的耳朵，说道。

唰。

火车进入到隧道中。

不知道这已经是第几个隧道了，刚开始出于好奇，每当进入隧道的时候，春子和光玉都会数，而超过十个后，她们就放弃了。

仿佛要摆脱深不见底的无底洞，火车在轨道和隧道之间蛇形移动。

每当进入隧道的时候，春子就会有种莫名的不安。她不喜欢漆黑的山洞，讨厌隧道里发出暗光的灯泡。她更讨厌被灯光反射的自己疲惫不堪，如同腌制的大葱咸菜般的脸。

而伴随着不安，春子突然有了尿意。

对于春子来说，在火车上小便，是无法想象的。

光玉已经去了好几次厕所，而春子决定能憋就憋。

终于，再也忍不住了，膀胱要爆了，达到了极限，春子慌忙去找厕所。去往厕所的路就如同要进入狼窝，春子有些迈不开步。

一进入比烤烟室还小的厕所，一刹那，春子呆在那里。

往下瞅，有一个洞，有石子、枕木快速流过。

就像踩着了蛇，春子"妈呀！"叫了一声，就冲出了厕所。

而就在那一瞬间，春子的裙子湿透了。

春子站在连接火车车厢的过道。

火车的汽笛声更大了，摇晃得也更厉害了。但是，春子不想离开这个空间。

小的时候，每当春子尿床，母亲就让她扣着簸箕去邻居家借盐。那个时候，春子羞愧难当，在邻居家门前，哭得惊天动地。

春子又有了那时的感觉，觉得全世界的人都在看自己。如果有簸箕的话，她也想给自己扣上。

也不知该埋怨谁，春子只是在一个劲儿地拧着裙子。

这还是姨妈给的新裙子……

虽说这个裙子也起了球，褪了色，可是同春子以前褴褛无比的裙子相比，还是可以穿的。

春子的眼神满是羞愧和不安，眼泪仿佛要喷涌而出，可终究还是忍住了。

"不行，虽说有些难，现在也不是哭的时候，还得挣钱呢……"

春子嘟囔着，抓住湿湿的裙子，把身子靠在火车上。

唰。

火车又一次进入到隧道中。

跟在颧骨特别高的女人后面，在火车上吃住几天的姑娘们一一拿起自己的行李，下了火车。

下车后才发现，和春子差不多大的姑娘足有二十几人。

旅途疲劳，姑娘们看起来都有些疲惫、憔悴。

平生头一回坐火车，春子也觉得膝盖疼，极度疲劳。由于疲惫不堪，眼袋显得更加明显。

但是对未来的幻想，让姑娘们忘却了疲劳。

来之前，春子将折得皱皱巴巴的、紧握着的、招工女人预先支付的十元钱交给了姨妈。

春子和姨妈讲了招工的来龙去脉，再三叮嘱姨妈无论如何，要把这钱交给鹿沟的妈妈。

姨妈望着春子的眼神是复杂的，她像是在自言自语：

"穷的不是啊！"

许是想起了自己虐待春子的事情，姨妈小声说道：

"你别埋怨姨妈，姨妈也是没办法，其实，旅店也不景气。我有心帮你们，可是客房入住率太少了，我还得看老公的颜色。"

姨妈紧紧握住了春子的手，同时举起裙角，在擦拭眼泪。

"我会亲自把这钱送到鹿沟去的，你就放心吧，我也好久没有见着姐姐了。"

也许是出于羞愧，姨妈给春子拿出来一条裙子，说是因为舍不得，没穿过几回。由于这是春子平生第一次得到别人的礼物，春子笑了，对姨妈的怨恨也都如同春水般消融了。

但是对于闹着要一起走的光玉，姨妈却极力阻挠。姨妈小声在和光玉说：

"你这傻丫头，你知道那是什么地方，就闹着要去？"

第二天，没有人送行，春子一个人上路了。

招工的人让早点儿到火车站，说是可以免费坐火车。

对于春子来说，这是第二次来火车站，还是有些陌生害怕。

春子在站台上着急忙慌地在找那个时尚的招工女人，突然有人拍打了一下她的肩膀。

回头一看，原来是光玉。

"你怎么跟来了？你妈妈同意了？"

春子吃惊地问道。

"我是瞒着妈妈，偷偷跑出来的。"

光玉打着哈哈。

"不行，你赶紧回去。"

看到春子在撵自己，光玉和春子发赖道：

"如果我挣了大钱回去，我妈妈一定会说，我女儿真孝顺。"

"不行，你赶紧回去，要不，姨妈就得认为我把你拐跑了，回去，赶紧回去！"

看着春子执意阻拦，光玉严肃地说道：

"其实，旅店不景气，我妈妈很辛苦。其实我妈妈不是没想过要放弃经营旅店，可是又有些舍不得。就算真的放弃，也没人愿意接手。如果我能挣钱回家，就能够救活旅店了。"

从一直单纯的光玉嘴里说出这么懂事的话，春子只是呆呆地看着她，不想再阻挠了。

二人一起上了火车。

春子想，做女工辛苦几年，就可以让一直以来用异样的目光和恻隐之心对待妈妈的村里人刮目相看，让妈妈过上好日子。

而且还可以忘记对那个离开鹿沟，连灰幕洞也离开的那个人的相思之苦。

一想到此，春子就紧跟在姑娘们的后面，打起精神，认真地听前来招工的那个女人的话。

姑娘们在一个简陋的小站下了车。

既没有站舍，也没有站务员。

只有在浓雾中依稀可见的铁轨旁的牌子告诉人们这是个小站。

春子想知道这是哪里，于是看了看站舍的牌子。

小站的名字用中文做了标记，春子只认得其中的一个"石"字。

不知离家乡有多远，这儿又是哪里？

突然蜷缩在站牌上的黑色物体扑棱棱飞走了。

春子大吃一惊。

嘎嘎！

乌鸦在头顶发出刺耳的叫声。听了乌鸦的叫声，春子不免又哆嗦了一下。

呸！

觉得不吉利，光玉吐了三口唾沫。

"一大早就晦气，哪儿来的乌鸦？"

光玉挥舞着双臂，在驱赶着乌鸦。

几个姑娘也跟着光玉学，呸了几声。

"这是哪儿啊？"

来自局子街的顺花冲着招工女人问道。

那个烫发像菜篮子似的招工女人却不作答。

"我们到了吗？我们要去哪儿呀？"

来自龙井村的慧淑也问道。

仍然不回话。

眼眉皱着，一副拒绝回答的样子。

那个女人不知从手提包里往外掏着什么，是烟盒，她掏出一支烟，点着了打火机，抽起了烟。

由于头一次看到女人抽烟，春子好奇地看着。

女人装作没看见，一言不发，只顾抽烟，烟雾和浓雾混杂在了一起。

女人长长地打了个呵欠，看得见她的舌苔是白的。

前几天见过的那个时尚美丽的新女性的形象在春子面前如同烟雾般消失了。

"这是哪儿？"

光玉忍无可忍，大声问道。

女人猛地转过头来。

"你是吃了煮过的乌鸦吗？乱叫什么？"

女人还发了脾气。

浓妆艳抹的脸上妆都花了，脸色铁青。

"这是哪儿？我们就想知道到没到目的地？"

来自局子街的顺花又追问道。

女人的回答冷冰冰的，如同早晨的空气：

"还远着呢，到了，你们就知道了。"

虽说是初夏，但一大早，仍然是凉飕飕的。

天也是阴的，整个车站充满着寒意。

晨雾如同用凉水洗过的丝绸，缠在身上。

可怕的凉意透过破旧的裙子，钻进来。

紧紧抱着行李，春子瑟瑟发抖。

光玉也冻得嘴唇都青紫了。春子走过去，紧紧地抱住了她。二人互相抱着，用体温温暖着对方。

就在这时，一辆卡车驶进了小站。

由于是浓雾弥漫的早晨，卡车开着车灯。车灯发出刺眼的灯光，卡车行驶得特别快，发出轰鸣，就如同发疯的黄牛。

卡车就如同狂奔的猛兽，丝毫没有要降速的意思，几乎快要撞到人了，姑娘们尖叫着躲开。

卡车卷起尘土，停在了姑娘们面前。

从驾驶室里跳下一个人。

被飞扬的尘土呛得，春子轻轻咳嗽着，把目光转向那个人。这是个身材魁梧的男人。

可是，男人的衣着有些奇怪。

男人的帽子和衣服都是绿色的，完全一副军人打扮。随着军服的肩部，粉尘落下了一条白道。

那个招工的女人赶紧扔下烟头，跑着去和男人打招呼。

连连向男人鞠躬。

两个人在卡车前不知在说着什么。女人满脸堆笑，而男人毫无表情。

随后，女人走向姑娘们：

"大家坐火车辛苦了，可是还得赶路。你们跟着他上汽车吧。"

姑娘们骚动起来。

这是套着防雨布的清一色绿卡车。由于这种卡车太像怪物，姑娘们有些犹豫。

"快点上来（日语）!"

绿衣服的男人指着卡车，冲着姑娘们来了这么一句。

因为听不懂，姑娘们都在看女人。

"赶紧上去!"

招工的女人大叫道，分明透着厌烦。她又改了嘴脸，推搡着姑娘们。眼神恶叨叨的，一个劲儿地催促着。

因为卡车太高，春子上不去，犹豫着。

那个招工女人的手如同钳子一般，落在了春子的肩上。

"磨蹭什么，土老帽。"

女人嘴唇上的口红已经淡了，嘴里冒出臊臭味。

妆也花了，对于春子来说，这是张魔鬼般的脸。

看到截然不同的两副面容，春子觉得惶惑了。

春子还是爬不上去，急得不行。

先上了车的光玉把手递给她。春子用纤弱的手抓住光玉的手，好不容易上了车。

姑娘们如同吊在悬崖上，勉强上了车。

车里就像个废坑。

车后面有脏得发亮的军用毯子，遮住里面。等姑娘们都上了车，毯子放下来了。

漆黑一片。

在车里，几乎看不到对方的脸。

春子学着别人的样，坐在了地面上。

寒气袭人，春子如坐针毡，弹了起来。由于车颠簸得厉害，她又坐了下去。

卡车行驶，毯子的一角翻了起来。春子顺着那个缝隙往外看，看到了留在车站上的那个女人。

在浓雾中也能看到抹着厚厚眼影的女人正在看着卡车的方向。不知是不是在笑，颧骨凸出得更厉害了。

"怎么？那个女的不跟我们一起去吗？"

龙井村的慧淑吃惊地问道。

"我们究竟是要上哪儿呀？"

姑娘们接连叫了起来。虽说大家的问题是一致的，却无人来回答。

极度的不安席卷了姑娘们。

车子后面，卷起尘土飞扬。

严重颠簸的卡车增添了这种不安。在震动的卡车上，姑娘们如同皮球，坐也不是，站也不是，很无奈。

这一次，卡车后面的毯子又开始飞舞了，寒气也无孔不入。

透进来的狂风肆意地掀起姑娘们的裙角，把姑娘们的头发也吹乱了。

春子为了躲避凛冽的寒风，将身子弓了起来。

风吹进去，裙子成了风扇。

春子使劲儿地摁住飞起来的裙摆，一个劲儿地望着窗外。透过掀起来的毯子，春子茫然地望着浓雾笼罩着的风景。

卡车发出刺耳的声音，就如同继父在打继子，终于，卡车停了下来。

那个身材魁梧的男人终于又出现了。

"快下车（日语）。"

男人又叫了一次，很不友好。

姑娘们猜到是让她们下车。大家蜂拥着下了车。下车后，就有姑娘蹲到路旁，呕吐不止。

春子突然觉得恶心，呕吐的秽物弄脏了裙子。

虽说捂着嘴跑到角落里去，可是没跑几步，春子就吐了。

春子的症状最为严重，连着坐火车和卡车，春子晕车晕得厉害，几乎把胆汁都要吐出来了，眼泪夺眶而出。她紧紧地捂住胸口，喘着粗气，嘎巴嘴。

即便如此，春子仍然用泪汪汪的大眼睛环顾着四周。

这是在一座高墙的里面。

异常庞大的木制大门两侧站着身着制服的军人。

他们手里握着的枪令人胆寒。

站岗放哨的军人伸着脖子，在看向她们。那视线几乎要把你看到骨头里去，春子吓得，赶紧把目光移开了。

"不是说纺织厂吗？难道是军需厂？"

顺花嘟囔道。

"就是啊，怎么工厂里有军人站岗啊？"

光玉问道。

前面有一座像学校建筑似的，匚字形建筑。

春子就如同从梦中刚刚苏醒过来，愣愣地看着四周。

"快跟上（日语）！"

身穿军装的男人又吼了一声。像瓷碗碎裂的，仿佛要撕碎对方的那种可怕的声音。

姑娘们吓得不敢吱声，依次走进建筑物里去。

看起来，真的分不清谁是谁，大家差不多，都穿着白短衣、黑裙子，大辫子都盖过屁股，大家依次进入建筑物里。

建筑物的进出口那儿挂着牌子。

牌子是木制的，用毛笔写着"陆军慰安所"。

绿色恐怖

姑娘们进入到很大的讲堂里。

不知为什么，大家都觉得有些压抑，大家相互扶着肩膀，搂着后背，紧紧地贴在一起，互相在咬耳朵，说着一些无关紧要的话。

春子也感受到了如同晨雾般的那种沉重的不安。春子也无法忍受这种席卷全身的莫名的不安，紧紧地抓住了光玉的手，肩膀不由自主地抖动起来。

光玉同样也是不安的，她的眼珠毫无目的地环顾四周。

这究竟是哪儿呀？我们该干什么？

从下了火车，这个问题就始终缠绕着姑娘们。

传来开门的声音。

拉着姑娘们坐卡车来的那个身材魁梧的男人引进两个人。

比身材魁梧的男人头还要大、肩也更宽的男人大摇大摆地走了进来。

这个男人上身很胖，脖子粗短。同把头发鬓角理得往上翘的大头相比，军帽太小了。所以，给人以蠢笨、狠辣的印象。

这个男人同样也穿着军服，同前面提到的那个男人不同，军服的肩上有星。

这个男人给人以威压感，腰间有皮带，他双手叉腰，环顾着姑娘们。

他的身后跟着一个女人。

这个女人穿着绿色和服，麻制袜套和木屐，"嗒嗒嗒"地走了进来。在清一色黄军装的军人群中，姑娘们暂时把目光转向了这个女人。虽说是一大早，但是这个女人却化着浓妆，就如同戴了白色假面具，让人看不清表情。

这个女人看起来四十出头，径直走向姑娘们。

女人每走一步，木屐就会发出响亮的声音，刺激本已紧张的姑娘们的神经。

女人靠了过来，用猫眼一一盯着姑娘们看。

木屐声音停在了春子面前。女人的目光停留在了春子清秀的面庞和苗条的身材上。女人盯着春子看了好长一阵子，被盯的春子都不好意思了，只是用双手抚弄着裙角。

"哎呀，真漂亮（日语）。"

女人的假脸似笑非笑。

长得臃肿的男人站到姑娘们面前，他的帽檐压得很低，他一一怒视着姑娘们。在无缘无故的威压下，姑娘们低下了头。虽说戴着帽子，眼睛看不清，可姑娘们还是对其眼神有着强烈的感受。

不是说待遇好，工作好吗？可是为什么真正一来，却发现被当成犯人？但是，姑娘们都在进行自我安慰，这也许是招女工的惯例，欣然接受吧。

有着狠毒目光的男人开了口。他抬起食指，逐字逐字发音。他的手指也是短粗的，青筋暴出。

"我是这支部队的负责军官中村伸之。"

虽说听不懂在说些什么，但能够感觉到，语气傲慢极了。

穿着和服的女人给大家做了翻译，朝鲜语说得非常流畅。

中村伸之军官自我介绍后，指着替他翻译的女人说：

"还有，这位是参加女子护国队，为了圣战的胜利来到中国的盐野南。"

女子边翻译，边冲姑娘们笑了笑。

"我是盐野南，你们以后叫我妈妈（日语），妈妈就行了。"

"妈妈？"

姑娘们开始嘀咕起来，虽说女人表现得很亲切，但姑娘们却没有从那张假脸上感受到一丝一毫的亲切感。大家都不情愿地又看了看女人。一大早就化着浓妆，穿着和服，这个女人就如同窗外的浓雾一样，模糊不清。

"为了方便起见，现在开始，给每个人番号。"

这个叫盐野的女人开始给大家发号码牌，在小木牌上，用浓墨写了番号。

春子是 13 号，一旁的光玉给她看木牌，光玉晃着号码牌笑了。光玉是 12 号。

"我是 14 号，和姐姐挨着。"

来自会宁的玉儿也走过来，和春子说道，并且害羞地笑了。春子也亮出了自己的号码牌，笑了笑。但是，大家笑得都有些尴尬。

随即，给每个人发了一个袋子。

这个袋子就像乞讨的袋子，小小的袋子上写着"突击 1 号"的字样。

"这个小袋子上写的什么呀？"

"好像是什么 1 号。"

看不懂袋子上的意思，大家互相问着。

光玉难掩好奇心，翻了翻袋子里面。

"妈呀，这是什么呀？"

举着用橡胶做成的小袋子，光玉一脸的惶惑。春子的袋子里也是相同的东西，春子不喜欢那种滑溜溜的感觉，皱起了眉头。

盐野笑出了声，由于笑得突然，大家都吓了一跳。

"不知道那是什么吗？避孕套（日语）。"

"什么？"

姑娘们的目光一起转向了盐野。

"这叫避孕套，是防止怀孕的。"

盐野笑着，说道。

"在做事之前，必须套上这个。"

她说着，还做了示范，把胶皮袋子套到了自己的大拇指上。

姑娘们都低下了头，就像在摸着臭虫，袋子从玉儿的手中滑落。

盐野走过来，捡起了袋子。她冲着几乎要哭出来的玉儿说：

"这对于你们来说是必需的东西，不能随便就扔掉。这是每天都必须用到的东西。"

春子搞不懂了，她不明白穿着鲜艳和服的女人在说什么鬼话。一刹那，春子觉得手里拿着的绿色袋子像装满了小石子儿，有千斤重。

"什么活？我们究竟做什么？"

来自局子街的顺花问道。

盐野又笑了。

"也不是特别难的事儿，凡是女人，谁都会做。"

盐野小声说道。

"那是什么？"

姑娘们齐声问道，声音中分明透着焦急。

盐野严肃地说道：

"你们要做的就是……"

她看着身旁矮胖的军官说道：

"就是为大日本帝国的官兵服务，慰劳他们为了大东亚圣战疲惫的身心。"

寂静一片，就像突然被人扼住了咽喉，大家鸦雀无声。大家都像兜头浇了一瓢凉水。

"什么？"

随即，顺花打破了这种令人窒息的寂静。

"我们是来做女工的，你说的这叫什么话？"

"是的，我们是来做女工的。"

姑娘们乱成了一锅粥。就像在做梦，春子高声说道：

"是的，我们是来做女工的，纺织厂女工。"

就像没听到姑娘们的抗议，盐野继续说道：

"你们做的是比女工更重要的事情。是为大东亚帝国服务的事情。作为女人，是必须要做的事情。又能挣钱，又能为官兵服务，何乐而不为呢？"

"这叫什么话？"

"她刚才说的什么？这叫人话吗？"

姑娘们恐慌地叫起来。

"烦（日语）！安静安静（日语）！"

中村伸之吼叫起来。

在帽檐下，眼神是不怀好意的。

也许是受到了感染，盐野平静如水的声音也变得粗糙，她用比姑娘们更高、破裂的声音继续说道：

"就算你们原来不知道来干什么也没关系，我们已经按每个人五百元付了钱，并且还答谢了招工的人……"

春子的脑海中浮现出颧骨特别高的那个女人。

"你们已经无力改变什么，想干也得干，不想干也得干。"

这叫什么鬼话？

说什么让我们脱贫，还提前支付钱……不远万里前来，没承想却是虎穴。

春子将双手放到了胸口，心脏跳得厉害，心仿佛碎成了一片片，喘不过气来，难掩悲愤。

"我们是来做女工的，除了这个活儿，如果有别的更累的活儿，我们也愿意干。"

姑娘们纷纷说道。

"什么别的活儿？哪有别的活儿？"

盐野把胳膊交叉着放到胸前。她简短地说道：

"这里就这一种活儿。"

"天啊！"

姑娘们纷纷发出了呼救。

"哪有这样不讲道理的？我们要回去。"

"是啊，就当我们做了白日梦，我们要回去。"

"权当没有招女工这回事吧，我们要回去。"

姑娘们一致高声说道。

来自会宁的玉儿嘴抽搐着，哭了起来。

盐野环顾了一下姑娘们，伴着木屐声，说道：

"好吧，想走也可以，但是……"盐野向姑娘们伸出了手掌，"马上退回五百元，赎你们自己。"

姑娘们吓得不知该说什么好，就如同被摔到地上的鱼，变得张口结舌。

看到姑娘们不再那么激动，盐野慢声细语地说道：

"你们不妨听听我这妈妈的话，你们朝鲜女孩都很孝顺，在这里忍一阵子，就能还清五百元，还能赚到钱，寄给父母，不是挺好吗？"

盐野小声地，威逼利诱。突然，她平静的声音就像掐大腿似的，高了八度：

"还有，你们想跑能跑到哪儿去？有本事的话，跑个试试，这里离你们家乡几百里。还有，这里是军营，进来容易出去难。"

盐野放肆地说着，并且瞥了一眼大门的方向。姑娘们也跟着看了看。不知何时，门口站着举枪的军人，都穿着绿色军装，就像寺庙的门神，表情都那么森严。

军人的帽子、衣服、鞋袜，就连她们坐着来的卡车、建筑、讲堂的门窗、地板，都是清一色的绿色。绿色变得那么恐怖，平生还是第一次。

绿色恐怖就如同挖野菜的时候，露水不小心掉到她们的白裙子上，逐渐染色的那种，弥漫开来。姑娘们的表情都透着恐怖。就像被什么抓住，大家只看到盐野开合的嘴。

"这里是建在荒凉山野里的军营，就算出了军营，也会被野狗和狼咬死。"

一直在威胁着的盐野突然发出了狂笑，"实在要走也拦不住，但是，我也没什么可损失的，到你们父母那儿要回五百元就可以了。我会成倍地要回餐费、车费，还有我们的损害费。"

盐野轻蔑地说道。

春子咽了口唾沫，脑子空白一片。

矮胖的军官走了出来。

"现在，给你们讲陆军慰安所的守则，你们要记好，并且严加遵守。"

根本无视姑娘们的情绪，军官接着下一个程序，盐野就像鹦鹉学舌，进行翻译。

"本慰安所只允许陆军军人和军属进入，绝不允许普通人进入，地方官民不得利用。"

"出入的军人必须持有慰安所入场券。入场券只在当天生效。"

"入场券的价位为下士官和士兵为二元，军属为二元二角，军官和干部为三元。你们要记好，一旦军人出入，你们就要接过入场券，如果没有入场券，你们有拒绝的权利。"

"每个军人限二十分钟，军官为一小时。但是，严禁留宿。"

"营业的妇女不得擅自离开军慰安所。禁止到军慰安所栅栏外面散步转悠。"

中村伸之抬起头来，盯着姑娘们。帽檐下的那双眼睛泛着绿光。他青筋凸起，又咬着食指，逐字逐句地说道。盐野翻译的声音仿佛也被那手指命令着，声音拔得很高。

"如果你们心甘情愿地为天皇陛下的战士服务，回报会很丰厚。但是如果你们存有二心，其后果是可怕的。"

春子突然觉得寒气袭来，从头到脚寒意刺骨，瑟瑟发抖。

姑娘们又列队走向下一个场所。

身着绿色和服的盐野走在前，看到紧随其后的姑娘们犹豫，中村伸之又叫唤了。

姑娘们被逼着，进入到建筑物的玄关里。

"快点，快点（日语）!"

同身上穿着的华丽的和服不协调，盐野的脸色铁青，中村伸之给人以阎王殿前的门神的印象，双眉紧锁，眼珠子滴溜溜转。

就像被抓的小绵羊，姑娘们被束缚了。中村伸之的声音就如同雷声一样震天响。

一只小手轻轻地碰了下春子的手。

春子回头一看，原来是来自会宁的玉儿。

"姐姐，我们这是又要上哪儿呀？"

玉儿用蚊子般低低的声音问道。玉儿的眼睛就像受惊的小狗的眼睛。

春子怜悯地看着这个孩子，摇了摇头。去哪儿？等待她们的又是什么？春子也不知道，谁都不知道。

盐野的脚步停在了玄关东面的一间房前。

房门用白布挡着，白布脏兮兮的。

姑娘们的目光齐刷刷地转向盐野。

"这里是医务室。"

盐野的表情很富有戏剧化。

"为了你们的健康，给你们体检。"

白布被微风刮得晃了起来。

一股刺鼻的味道随风传了过来。

春子不自觉地吸着鼻子。

随着白布被风吹起来的空隙，春子歪着头往里看，里面有几个人。

"来，两人一组进去！"

盐野依次叫着名。

最先进去的是光玉和来自龙井村的慧淑。

可是进去不过几分钟，光玉掀开白布，跑了出来。光玉的身上已经有了消毒水的味道，她拒绝体检。

"我不做，不做！"

穿着白大褂的人叫着，跟了出来。虽说穿着白大褂，但从戴着军帽来看，像是军医。

"站住，过来（日语）！"

拦在跑出来的光玉面前，中村伸之拽住了光玉的脖领。

"畜生（日语）！"

啪，啪，他无情地抽打着光玉。

"倒霉蛋，给你们这些村姑免费体检，还不乐意？"

盐野在一旁，揶揄着说。

穿白大褂的军医拽住光玉的胳膊，又进去了。

屋里又传来低低的呼救声。

随后，慧淑走了出来，光玉也走了出来。

两个人都张开大腿，蹒跚着走了出来。

光玉艰难地迈着腿，看了春子一眼，眼神里分明有着惊慌和羞耻。

回到队列里的两个人互相倚靠着。

接下来是来自局子街（延吉）的大个子顺花和春子。

春子如同穿过树枝，进入深洞里，掀开白布，犹豫着，走了进去。

消毒水味道刺鼻。

刺鼻的味道就像鞭子，春子吓得赶忙用手捂住了嘴。

屋子里有两张床，穿着白大褂、戴着口罩的几个人围在床边。

白布，白大褂，白口罩，白手套……

突然，觉得白色有些奇怪，有些恐怖。

"躺下（日语）。"

穿白大褂的人说道。

听不明白，春子和顺花面面相觑。

"躺下。"

不知何时跟进来的盐野在翻译。

顺花躺在了床上。

穿白大褂的人一把把顺花揪了起来。

并且大吼道：

"把衣服脱了（日语）！"

盐野几乎与穿白大褂的人同时说道：

"脱了衣服再躺下！"

顺花似乎豁出去了，按照白大褂的要求开始脱衣服，不仅脱了裙子，连内衣也脱了。

干瘪的身躯彻底暴露出来。

真正成了赤身裸体，顺花却不知该把双手放哪儿了。

春子的脸红了。

顺花光溜溜地躺到了床上，穿白大褂的军医往她的下身喷射喷雾液。

喷雾器里喷出来的白色液体如同云雾，弥漫在房间。

顺花咳嗽了一声。

喷雾液的味道刺激鼻黏膜，春子也不住地咳嗽起来。

喷雾液如同白色婚纱，瞬间让她们感受到了一丝恐怖。

"脱衣服（日语）！"

白大褂冲着春子喊道。

虽说听不明白，但是春子钉在了那里。因为从白大褂魁梧的身材，特别是声音来看，这肯定是个男人。

有一次，春子在家乡的小溪旁洗头，被村子里的男人看到，因为害羞，春子一整天都没出屋。

看到不知所措的春子，盐野一把抓住她的胳膊。春子还在扭捏着。盐野一把脱下了春子的裙子。

"磨磨蹭蹭干什么？还不快点！"

一刹那，春子雪白的上半身暴露出来。

春子抱着臂膀躺了下来。寒意顺着后背传了过来。

戴着白手套的手一把拉过春子抱着臂膀的双手。春子丰满的胸脯暴露出来，春子拼命守护胸脯，可是，这一次，他们却掀起春子的裙子，要脱她的内衣。

"妈呀！"

春子呼叫着。

"体检……你这孩子怎么这么多事儿？"

盐野生气了，同白大褂一道，用双手摁住了春子的肩膀。

就如同箭上的靶子，春子动弹不得。

春子的脑海里掠过屠宰场里被拴在树上的牛。

因为害羞，春子紧闭了双眼。

但是害羞也是暂时的，随即，一个凉冰冰的铁家伙进入到春子的下体。

啊啊，因为疼痛，春子发出了尖叫。

春子想冲出去，可是她的脚也被谁按住了。

刺刺！

军医又向春子喷射了喷雾液。

因为味道太过刺鼻，春子连连咳嗽。

春子就像被束缚的小虫子，来回扭动。

旁边传来了顺花的呻吟声。

军医在和盐野嘀咕着什么，不知何时已经戴好口罩的盐野说：

"好了，说你是干净的！"

摆脱了束缚，春子赶紧穿上被扔在脚踝的内衣，挡住了透过裙子露出来的耻部。

春子没有感觉到疼痛，只是有一种用铁家伙捅全身的羞耻感，瑟瑟发抖。

咳咳咳。

咳嗽停不下来，恶心，打嗝。

咳嗽不止，把眼泪都咳出来了。

白布在晃动。

透过白布的一角，可以看到姑娘们恐惧的眼神。

军医又在吼叫了：

"下一个（日语）!"

盐野跟着也叫道：

"下一个!"

地狱之宴

春子站在屋子中间，因为恐惧，她的眼神透着胆怯，她环顾了
一下房间。

有点像村子里常见的烤烟房，天棚虽高，面积却小。

不过五六平方米。

头顶上有一个小窗户，由于天已经黑了，光透不进来。

那个小窗户用铁丝围了起来，就像没牙的大老爷们。春子突然
有了一种那个小窗户张开大嘴，吞没自己的幻觉。

房间地板上铺了一张黄色军用毛毯。

除了一张毯子以外，别无他物。枕头旁放着一个小袋子。

这就像和尚化缘的袋子，写有"突击1号"字样。

一想到小袋子里那个滑溜溜感觉的东西，春子就觉得胆战。

春子呆呆地坐到了毯子上。

春子的房间号码是13号。门口有用黑色墨汁写下的小木牌，门
的两侧用日语写着语句：

"日本士兵们辛苦了！"

"请接受我们全心全意提供的服务。"

光玉是12号，在春子的右面房间。

左面14号房间是来自会宁的小不点儿玉儿。

但是，旁边的房间里没有任何动静。换作平时，光玉早就是大

嗓门了，可是，今天却是静悄悄的。

这一整天里遭到的虐待，让姑娘们身心俱疲。

白天遭受的耻辱如同臭虫，粘在身上，挥之不去。

军医肆意抚摸她们的乳房，让她们举起双手，闻腋下。还观察她们的鼻窟窿，看她们有无鼻炎，还目测她们的肩宽、腰围、肤色，甚至连肚脐眼和脚指头，也一一进行检查。

白大褂们把视线固定在姑娘们的耻部，用血红的眼睛盯着姑娘们看。肆无忌惮的样子就像马上要跑过来，用手里握着的铁家伙，肢解姑娘们的躯体。

在炎炎烈日下劳作，春子还担心会露出腰部，动不动就抻一抻裙角，看到胸部发育，每天也好几次改裙子的绳带。对于这些农村姑娘们来说，这是当场就想咬舌自尽的耻辱。

接受完耻辱的检验，姑娘们趔趄着走了出来，盐野又开始重复刚开始说的话。

真的是在威逼利诱。

"我这都是为你们好，在这儿忍耐一阵子，你们就可以还清欠下的五百元了。"

"做女工，猴年马月才能还清啊……"

"我再重复一次，这里离你们的家乡有几百里。"

"这里是军营，你们自己进来的，出去可就没那么容易了！"

身心俱疲的姑娘们无力对抗，她们只是毫无防备地、默默忍受着。

连日来波涛汹涌般的变故让春子连喘口气的工夫都没有。

不知道还会有什么意想不到的风暴在等着她们。

屋子的天棚上有灯泡，灯泡亮了。

虽说灯泡度数不高，可是，突然而至的光亮还是让春子眯起了眼睛。

与此同时，不知从哪儿传来了歌声。

声音就如同被石头绊了，头上顶着的水罐摔碎的声音。

由于声音突如其来，春子吓了一大跳。

这是从军营扬声器里发出来的声音。

这是用激昂的声音演唱的歌曲。

进行曲般的歌声回荡在军营上空。

通过小窗户，歌声如同漫过堤坝的水流，汹涌而至。

　　城墙用铁制成　擅攻能防

　　矗立的城墙守护冉冉升起的皇国各地

　　用铁制成的军舰可以粉碎侵入日本的国家

歌声在重复，那不堪的声音让春子感到不安。

在喧嚣的歌声中，混杂着扯着嗓子唱歌的人。

这分明就是那个长得矮胖的军官中村伸之的声音。

虽说这是听不懂的鬼子话，可是，就冲着那个兴奋的声音，春子就陷入了恐怖。

"军官一组，士兵一组，分成两组，展开工作。先买入场票，再工作……"

外面传来喧嚣的声音，还夹杂着咪咪的笑声。

中村伸之兴奋的声音又传了过来。

"今天，陆军娱乐所开张了（日语）！"

"我高兴（日语）。"

嘻嘻嘻，男人们哄堂大笑。

就像捅了马蜂窝，传来的嘈杂的脚步声响彻玄关，那声音如同海啸。

春子正在为惊天动地的声音发愣，房门开了，一个穿绿色军服的军人闯进了春子的屋里。

男人的眼珠子充血，滴溜溜转，在上上下下打量着春子。

"真漂亮（日语）。"

这个男人有着黑黑的连毛胡子，他在忙着脱掉军靴。男人的嘴里咬着一个纸片。

因为兴奋，男人的手有些不听使唤。男人费劲巴拉地，终于脱掉了军靴。

而后又脱掉了上衣，胸口有很多胸毛，尤其是胸口上的一道像蚯蚓似的伤疤很刺眼。

"妈呀！"

春子吓得，坐在那里，连连后退。

没挪几步，春子的后背就靠到了墙上。一刹那，春子蜷缩着身子，春子瑟瑟发抖。

男人将嘴里咬着的纸片抽出来，晃动着。

"看（日语），入场券（日语）！"

男人将那个纸片硬塞给春子。纸片上有着圆圆的印章痕迹。

连毛胡子拦腰抱起了春子，摔到了军用毯子上。

春子觉得目眩，一双铁拳开始扒掉春子的裙子，裙子的绳带开了，春子死命守护着自己，这一次，那个家伙又开始脱掉春子的裙子。

"你别这样，求求你，别这样。"

春子用双手拽住了裙子。

薄薄的裙子很难掩饰身体。

裙子像落叶般被撕掉了。

这是姨妈难得给的礼物，也是春子平生头一次得到的礼物，却被惨烈地撕掉了。

男人用树皮般粗糙的手抓住了春子的胸脯。

满嘴酒气，男人来回舔春子的脸和脖颈。

心被撕成了碎片，被连毛胡子蹂躏过的脸颊留下了红红的印记。

男人死命地扑过来。

男人死死缠住春子，对着春子的耳朵呼气。

男人如同石头，压到了春子身上。

因为憋闷，春子不停地挣扎着。

春子感觉自己快要成片脯了，她为自己挣脱不了男人，而感到郁闷。

春子在誓死挣扎，脖子上青筋凸起。

"妈呀！"

春子平生第一次求救似的，叫了妈妈。

随即，房门开了。

女人圆圆的脸出现在门口。

是盐野。

"盐野！"

春子用破裂的声音在叫着女人的名字。

春子在向盐野求救。

但是，盐野却装作没听见，冲着气喘吁吁的那男人，用日语说道：

"请使用突击1号（避孕工具）。"

随即，盐野关上门出去了。

春子连救命稻草都没了，终于有了陷入无底洞的绝望。

下一刻，超越绝望，撕心裂肺的疼痛袭来。

"妈呀！"

春子又发出了泣血的呼救。

可是，却无人应答。

兽欲暴涨的男人如同猛兽遇到猎物，肆意舔舐、啃咬、蹂躏春子。

被树桩般肥胖的身躯压着，就像被什么铁家伙紧紧地箍着，春子连反抗都没来得及，就成了浮萍。

紧紧咬着的嘴唇也许破了，发出了腥味。

春子握着的印有绿色印章的纸片掉了下去。

春子也不知自己被折磨了多久，那个岩石般的躯体终于退了下去。

鬼子喘着粗气，在穿裤子，还没系好腰带，另一个军人就闯了进来。

连毛胡子嬉笑着，穿上衣服。

满足了兽欲的鬼子伴着外面传来的军歌，哼了起来。

矗立的城墙

守护着冉冉升起的皇国各地

鬼子系鞋带的时候，第二个军人已经按捺不住，扑向了春子。

这个男人比连毛胡子身材更加魁梧，满嘴酒气，压得春子喘不过气来。

他用醉醺醺的嘴唇舔舐着春子的脸。

刻骨铭心的疼痛再次袭来。

虽说疼得春子张开了嘴，可是，已经发不出声音了。

春子只是翻着双眼，看着虚空。

电灯泡就像恶魔愤怒的眼睛。

拦着铁丝网的小窗户张开阴森的口，仿佛要吞没春子。

"妈妈，妈妈……"

春子在呻吟着，感觉自己在做噩梦。

如果说这是梦，那真是太可怕的梦。

但是，回荡在军营上空的高分贝的军歌告诉春子这些如同地狱之宴的一切是现实。

煤烟同海洋的龙一起飘荡

子弹的声响伴着霹雳

乘着万里波涛　照耀皇国

歌声看似可以掩盖一切，但却掩盖不住比它更高的呼救声。

每间房子里都传来吼叫声、呼救声、淫笑声、谩骂声、喘粗气的声音、痛哭声。

房间和房间之间用三合板立了墙，隔开。但是，薄薄的三合板堵不住喧嚣的声音，如同广播一样，鲜活而又残忍地传来。

再加上扬声器里发出的军歌也如同鬼神的预约，不断重复，兵营就如同恶魔窝。

到了海边　会有淹死的尸体

到了山上　会有粘草的尸体

哪怕死在天皇身旁

也绝不后悔

旁边的房间里传来尖锐的呼救声，随即传来"咣咣"急促地砸墙的声音。

伴随着一阵喧嚣的声音，用三合板做成的墙倒了。

顺着那个缝隙，一个赤身裸体的姑娘闯进了春子的房间。

"春……春子。"

尽管灯光昏暗，可是，春子还是一眼就认出了跑进来的人。

是光玉，她受了惊吓，连连高喊道：

"春子，春子，我要回家。"

声音夹杂着哭声，就像深夜里被狼撵上的猎物。

"他娘的（日语）。"

趴在春子身上的男人猛地直起了身。

光玉和春子抱到了一块儿。

光玉就像得了伤寒，瑟瑟发抖。

春子也在跟着哆嗦。

她们就像被电击似的，哆嗦着，紧紧地抱在一起。

二人抱成了一团，躲到了角落。

"臭娘们（日语）！"

脱得光溜溜的男人从旁边房间里跑了进来。

他的阳具已经勃起。男人一把揪住了光玉的头发，光玉在地板上打滚。

尽管在地板上打滚，可是，光玉还是摸索着，抓住了春子的手。

春子也紧紧地抓住了光玉的手。就像是死命不被波涛卷走的人一样，两个人紧紧地抓住了对方的手。仿佛一旦松开手，一切就没了。

男人们使出浑身解数，要掰开她们的手。

光玉猛地咬了男人的手。

"你这个臭娘们（日语）！"

一直在发出狂叫的男人气急败坏，开始用拳头猛打光玉，又用双脚乱踩。

拳头噼里啪啦，就像小雨点，光玉被打得连连呼救，在屋子里来回乱滚。

春子自己无力救出光玉，只能拼命呐喊。

就在这时，又一个人气喘吁吁地闯进了春子的房间里。

女人只穿着韩服的上衣，下半身是赤裸的，她一头扑进春子的怀里。

就像命悬一线的人，女人握着春子的手腕，瑟瑟发抖。

房门口又出现一个面红耳赤的男人，只戴着军帽，浑身上下都是赤裸的。

"救命啊，求求你，救救我！"

女人气喘吁吁地说着，就如同干涸的水库。

"简直是疯了（日语），八格牙路（日语）！"

男人一把拽住女人的绳带。

绳带被扯开了，女人的上半身也露出来了，雪白的胸脯上有着鲜红的牙印。

男人用短粗的手抓住了女人的脚脖子，就像拔萝卜似的，一把拽过来。

女人拼命反抗，可是终究抵挡不住男人的力量。

女人拽着春子的手无力地抽了出去。

男人就像拖着即将奔赴屠宰场的牲畜，拖着女人，出了房门。

"救救我，求求你！"

女人来回舞动着双手，在呼叫。

在慌乱中，春子看清了女人苍白的脸，几乎要喊出声来。

赤身裸体、被拖出去的女人就是唱诗班成员——英信。

硫磺池

春子如同行尸走肉，平躺着，看着小窗户。透过小窗户，看到了天边的一角。

没有星星，也没有月亮。夜空黑压压一片，感觉那么肮脏，就像破旧的棉袍，挂在窗外。

春子光溜溜地躺着，在灯泡下，让自己的身体暴露无遗。如今，连羞耻也没了，都无力羞耻了。旁边房间里姐妹们的情形大致也和春子一样。

春子每天都在重复那耻辱之事，就像旧齿轮的皮带艰难地转动。

在慰安所出入口的里面并排放着木牌，没有写女人的名字，只写着番号。

春子是 13 号。

自从进入慰安所后，谁也不叫名，只用 13 号来代替。

有一次，光玉招呼春子，被盐野打了耳光。

"现在是战时状况，不要亲切地叫名字，没有这样的闲工夫，叫番号。"

有的时候，那个木牌也有扣过来的时候，这就说明那个房间里的女人正在上厕所或者得了性病。

今天，同样也有狂狼的士兵蹂躏了春子的身子，究竟有多少，春子也记不清了，也不想知道。士兵们就像被捅了的马蜂窝，无情地摧残着春子的身体。

她总觉得自己是被魇着了，永远也不要醒过来。就像痛苦和悲伤似梦非梦地延续，春子一会儿感觉有意识，一会儿又没有。感觉身体的各个部位都有着瘀血，刺骨的疼。间歇袭来的疼痛让春子认识到，她的肉体还活着。

枕头方向摞着印有绿色印章的慰安所入场券，脚冲着的地方有着用后胡乱扔掉的"突击1号"。

目光触及到此，感觉头晕目眩，恶心。

一拨士兵坐着军用卡车来了又走了，又一拨士兵坐着军用卡车来了。卡车的发动机声对于姑娘们来说，就像是猛兽的咆哮，非常可怕。

有一次，一帮刚刚打过所谓"胜仗"的大日本士兵来到慰安所，人数比平时多了很多。

为了慰问士兵，连盐野都被动员起来。

"我已经老了。"

看到盐野犹犹豫豫，中村伸之无情地踹了盐野的后背。

"难道你忘记了为大日本帝国圣战的职域奉公了吗？你给这些非日本国民'朝鲜婢'做个示范。"

盐野直起了身子，就像小鸡啄米似的，连连点头。并且在姑娘们面前毫不犹豫地脱去了衣服，失去弹性的干瘪的身躯裸露出来。盐野将1号房间作为自己的房间，走了进去。

目睹了这一切，春子又感到了惊悚，难以按捺惊讶，她真切地感受到自己成了猛禽的猎物。

曾经在《圣经》中渡过地狱的硫磺池，春子认为如果真实存在，那应该就是这里。

在接待士兵的间隙，盐野给春子拿来了饭和茶。虽说肚子早就开始咕咕叫，可是春子觉得自己一点儿力气都没有，不想吃，就那么放着。

枕头旁边传来了"沙沙沙"的声音。

春子无力地睁开了眼睛。

是小猫，一身黑的小猫不知什么时候进到慰安所里。

小猫慢悠悠地踱进来，看着春子的脸色，扑向了食物。它吐着舌头，风卷残云般地吃光了春子的食物。

昨天进来的是白猫，今天换成了黑猫。不知怎么搞的，兵营里，猫特别多。

小猫身上毛不是特别多，小猫的身子都快碰到春子的手了。小猫轻轻地碰了一下，春子要喝的水就洒了。虽说春子口渴得要命，可她却无力驱赶小猫，只是呆呆地望着小猫的后背。

那一天，春子一共接待了十一个扑向自己的如同潮湿的麻袋般笨重的身体，后来，就失去了意识。浑身散发着汗臭味的身子、酒气熏天、夹杂着谩骂和殴打，几近蹂躏……春子不愿意直视靠过来的丑陋的嘴脸，紧紧地闭上了双眼，能够记起来的只有难闻的味道和粗粗的喘气声。

这就像暴雨夜，掉进河水猛涨的江心，泥汤子一个劲儿地往你的嘴里灌，你死命想冒出水面，却又掉入另一个水坑，来不及呻吟和呼救，泥汤子就不停地往嘴里、鼻子里灌，挣扎的手和脚被石头和树枝刮了、绊了、挠了。

这就像根本不会游泳的人被扔到地狱之河的旋涡里。

刺耳的军歌也不放了，兽欲旺盛的士兵也不再进来了。

旁边的房间里不再传来呼救和反抗声。

奋力反抗的光玉也被拖回到自己的房间里。

出乎意料见到的英信也被拽回自己的房间。

不知是不是奄奄一息，没有声响。

其他的房间也没有任何声音。

突然，设在兵营屋顶的扬声器里传来"嗞嗞嗞"的声音和爆粗声：

"熄灯（日语）!"

春子吓了一跳，把手放到了胸口上。心脏又开始怦怦直跳。

那一瞬间，整个兵营的灯同时熄灭了。

黑暗中，又传来吼叫声：

"就寝（日语）!"

一刹那，就像扣上了沉默的包袱，整个兵营静悄悄的。

夜深人静，春子实在无法忍受恐惧，轻轻地敲起了光玉房间的三合板。

"光玉，光玉。"

随即，从那一面传来低低的声音："春子，我们怎么会……"

传来了光玉的哭声。

二人什么也没说，只是隔着三合板，压低声音痛哭。

随即，又传来了光玉的声音：

"春子。"

停顿了好一会儿，光玉说道：

"我们逃吧!"

听了这话，春子猛地立起了身子。一整夜，春子都因所受到的凌辱和恐惧以及如何摆脱而辗转反侧。

摸着黑，春子慌忙穿上了衣服。

直起腰的瞬间，春子感到了下体的疼痛，呻吟着，又瘫坐在那里。但是，她一心要逃走。悄无声息地从房间里爬了出来，光玉也出了房间，两人摸着黑，哆嗦着，抓住了对方的手。

感受到了炽热的双手，眼泪就涌了出来。紧握住双手，二人在廊下找着出口。

喵！

不知是不是她们惊动了小猫，小猫在廊下不停地叫。

就在这时，最里面的房间里传来了"咔咔"的声音，同时，灯亮了。

房间里露出一张脸，并且爆出了尖锐的声音：

"那是谁呀？"

是盐野的声音。

盐野光着脚跑过来，抓住了她们的肩膀。

"什么？你们想跑？"

黑暗中，披头散发的盐野就如同夜叉。春子小声哀求道：

"盐野，你放了我们吧！"

"不行！"

盐野一手抓着春子，另一只手抓住了光玉。

"求求你了，放了我们吧！"

尽管春子苦苦哀求，可是，盐野的手劲儿很大，根本不像女人的手。

"我要回家！"

光玉尖叫着，推了盐野一下，盐野摔倒了。春子和光玉吓得面面相觑。盐野站起来后，又抓住二人的肩膀，三个人在廊下扭到了一起。

就在这时，外面传来刺耳的军靴声，手电筒的灯光照了过来，随着"吱扭扭"的声音，慰安所的门开了，几个膀大腰圆的士兵闯了进来。

在如同利刃般强烈的手电筒光照射下，春子只觉得眼前发黑。

"什么？要逃跑（日语）？"

士兵们抓住她们的脖领和头发，将她们摔到了地上，就像老鹰捉小鸡，拖住她们走。春子和光玉又被拖回到房间里。

灯又亮了，而且无情地抽打着她们，那声音惊天动地。

尽管十分慌乱，可是，春子还是马上听出那个尖厉的声音是由中村伸之发出来的。

士兵用手电筒肆意打向春子的面部，春子用手捂着脸，在地上打滚。

"他娘的！知道这里是哪里吗？还敢'逃跑'？这里是军营，军营！（日语）"

没穿衣服，只戴着军帽跑来的家伙用嘶哑的声音连连大骂，用脚踢春子的脸和胸脯。

旁边屋子里也传来了拳打脚踢的声音和光玉的呼救。

中村伸之冲着春子的方向喊道：

"别打脸！"

那天夜里，春子都不记得是怎么度过的，只是舔着皲裂的嘴唇，等到恢复意识的时候，东方已经泛起了鱼肚白。

春子艰难地爬起来，敲着三合板。

"光玉，光玉。"

只能找光玉。春子觉得，只有找光玉，没别的事儿可干。春子感到，只有找到有血缘关系的光玉，才能暂时摆脱这恐怖，摆脱绝望，光玉是她的救命稻草。

从隔壁房间传来了光玉的声音。夹杂着哭声，光玉清清楚楚地说：

"我要逃，我一定要逃走！"

就像是给自己鼓劲儿，光玉一直在重复这句话。听了光玉的话，春子不免又哆嗦起来。

森严的高墙、大门口持枪站岗的绿色军服的士兵、在屋顶飘扬的膏药旗……进来的时候见到过的肃杀景象又浮现在春子的脑海里。

春子把手放到和隔壁屋连接起来的三合板上，盘腿坐着，无声地哭了。旁边屋子里也传来了抽泣的声音。

"集合！"

突然，从兵营的扬声器里传来了声音，春子从噩梦中醒来。

"快到操场上集合，快点！"

盐野在廊下叫道。盐野的声音也分明透着紧张。

连日来掉进地狱里受尽折磨的姑娘们吓得哆哆嗦嗦地出了慰安所，聚到了操场上。

操场上铺了厚厚的黄土，晨雾尚未散去，氤氲着血色气息。浓雾似乎是在预示着新的噩梦。

由于久未见到阳光，姑娘们的脸很是苍白，士兵们都背着枪，一副如临大敌的模样。

在士兵们面前，有两条狼狗，竖起耳朵和全身的毛，发出了绿光。狼狗们都吐着长长的舌头。

中村伸之穿着军靴，发出当当当的声响，走在最前面。

一直坐在慰安所窗户上的小猫赶紧夹起尾巴，消失了。

矮胖的身材和小平头、身着军服的中村的威严再次让姑娘们感受到可怕和恐惧。

那张脸显得更加可恶了，姑娘们不知道会有什么风暴在等着她们，只是如同待宰的羔羊，瑟瑟发抖。

"凌晨，我们抓了两个要脱营的家伙！"

盐野在一旁给翻译。

"遗憾的是，她们不是士兵，而是你们中的两个人。"

一刹那，春子的心揪在了一起，她才发现姑娘们中间不见了光玉。

正在春子紧张地用目光找寻光玉的时候，又响起中村伸之撕裂的声音：

"慰劳为了大日本帝国的圣战而英勇献身的'士兵'是神圣的。可是，她们仍然企图逃跑，我们抓住了其中的一个人，射杀了另一个。"

中村最后一句话如同兜头一瓢凉水，姑娘们僵在了那里。

士兵们拖着两个人过来，扔在了大家面前。

一个人面部朝下，一动不动，而另一个人则拖着流血的腿，满地打滚。

黑裙下露出来的小腿分明就是被狼狗咬了，肉是翻着的，还在滴血。

女人打滚的地方霎时就有了黑血。抱着大腿呻吟的是光玉。

"光玉。"

春子发出了尖叫。

狼狗冲着春子发出怒吼，并且做出马上就要扑过来的架势，露出了红红的牙龈和尖利的牙齿。

不知如何是好，春子就那么愣在了那里。

中村伸之踢着女人的身子，并且叫嚣着：

"如果你们谁还想跑，这就是下场！"

一瞬间，春子倒吸了一口凉气。

倒在血泊中的人是来自局子街的大个子顺花。

姑娘们发出了惊呼，在喧嚣声中，突然有人用恐惧的目光连连后退，并且开始跑。

她在向着大门口方向跑去。

是英信。

因为容貌出众，英信看起来都令人目眩，可是，她已经凋零了，就像是被暴雨和冰雹摧残过的花朵。

她蓬头垢面，裙子的绳带破了，已经系不上了，白白的肌肤都露了出来，看起来是那么可怜。

怎么会连她也陷入到这个地狱，春子也无从知晓。

"抓住她（日语）！"

中村伸之发出了怒吼，士兵们向着英信围拢过去。

吱嘎！兵营的大门发出了刺耳的响声关上了，哨兵挡在了前面。

英信连连发出惨叫，在兵营里乱撞。

随即，跑向了兵营的一角。

那儿有一口井。

这不是春子她们屯子常见的有井绳的井，而是井口特别大的井。

是水都被抽走的枯井。

前不久，一只猫掉进井里，因为井太深，没能救出来。后来，小猫就没日没夜地哭，中村伸之嫌烦，不知说了什么，一个士兵就走上前，往井里扔了手榴弹。

随着"哐"的一声，兵营都要被炸了，姑娘们目睹了这一虐径，都吓坏了。

英信在井口稍作停顿，望了望天空。

身穿绿色军服的士兵们就像老鹰捉小鸡，要抓住英信。

英信就像一片落叶，坠入井中。

来不及吹的笛子

1号木牌被扣着。

是盐野的木牌。

前线总在传来皇军胜利的消息，打了仗的士兵们如潮水般涌进慰安所，因此，一直作为姑娘们管理人的盐野不知从何时起，也开始和姑娘们一样，接待起士兵来。

终于，盐野病倒了。

12号木牌被拿下来了，就是来自会宁的玉儿的木牌。不是扣着，是拿下来了。

一天夜里，玉儿接待了几十名士兵，两眼一翻，昏了过去，下体出血严重，被紧急送往医务室。

玉儿就像喘不过气来的鱼，张着小嘴，哀求道：

"我是不是要死了？姐姐们救救我，求求你们，救救我！"

那天夜里，玉儿没有留下任何遗言，就走了。

几个月前来的时候，活蹦乱跳的女孩子不过才几个月，就变得干巴巴的。

以柔弱的小小的身躯实在无法接纳可怕的如同凌迟般的蹂躏，放下了生的力量。

玉儿的尸体也被扔到兵营一角的枯井里，和小猫、英信一起做伴。

都没有人为死者哭泣，大家是不敢哭，再说，眼泪已干涸了。

喵！坐在慰安所窗台上的小猫发出了微弱的哭泣，仿佛在为玉儿的死哀伤。

英信的木牌也拿下来了。

认为死人不吉利，扔掉原有的木牌，发放新的番号。

士兵们本来想打捞掉入枯井的英信，后来觉得麻烦，往井里不停地扫射。

有着那么美丽的面容、美丽的身姿，用美妙歌声演唱《圣歌》的英信就这样倒在了军国主义脚下。那个身在京城的人知道这一切吗？

逃跑的时候被狼狗咬伤的光玉也在治疗几天后，伤还未痊愈，就要继续接待士兵。

姑娘们的头儿盐野也倒下了。

每天要接待几十人，并且再三和士兵强调使用"突击 1 号（军用避孕套）"，可是，盐野还是得了性病。

对于士兵来说，进行性行为的时候，使用"突击 1 号"是义务。如果一旦违反规定得了性病，就要写悔过书。可是尽管如此，仍有士兵执意不使用"突击 1 号"，因为每晚要接待几十人，有的时候盐野也顾不上，病魔就乘虚而入。

军医每周做一次性病检查，如果被怀疑得了性病，就要打 606。如果打了针还不好，就要给下体喷有毒气体，后来才知道，那是水银。

盐野打了 606，也被喷了水银，可还是病倒了。

护理盐野的任务落到春子身上。虽说春子不愿意看到对姑娘们刻薄的盐野，可是因为护理期间可以不用接待士兵，春子还是有了暂时摆脱魔窟的感觉。

被喷了水银，盐野光着身子，盖着一张军用毛毯，躺着。

伸到褥子外面的盐野的手枯瘦如柴。性病已经沁入骨髓，浑身上下都是水泡，嘴唇也发绿，就像染了绿汁。

盐野举起纤细的食指，示意春子去拿来放在角落里的包袱。

从包袱里掏出用布包着的长长的东西。打开包，里面有着笛子似的东西，黑色，从孔往里看，里面涂了鲜艳的朱红色。

"是尺八。"

春子哆嗦着，开了口。

"因为长度是一尺八寸，就这么叫了，和笛子差不多。"

盐野举起尺八，放到了自己的肚子上。她抚摸着尺八，说道：

"我丈夫犀城一堵梦想成为尺八达人。"

盐野苍白的脸上有了笑容。

"看到他端坐着吹尺八，我就感觉自己拥有了全世界。东京浅草有教尺八的讲习所，我哥哥学尺八，我们就那么认识了，直到结婚。"

盐野自己扯开了话题，春子愣愣地看着她。盐野的脸上有了浅浅的笑意，但随即又消失了。

"后来，丈夫被征兵去了满洲，几个月后，就轮到哥哥……"

盐野用流畅的朝鲜语在说着，语气无比真挚，春子一边给她涂药，一边认真听着。

"像我这样将丈夫送到满洲参战的夫人成千上万。我们担心他们的生死，日日夜夜为他们祈祷，盼着他们早日回来，可是，几年下来了，杳无音信。我们只能给他们拼命写信，表达我们的思念，不过还是盼不来回信。后来才知道，这些信件都要接受审查，大多被没收或者被删减。后来，就传来哥哥战死的消息，我快疯了，总是产生幻觉，丈夫也像哥哥一样流血倒下。像我这样的女人组成了'寻找出征丈夫团体'，向陆军省强烈要求，我们要到满洲找丈夫。

虽说我们的要求遭到拒绝，但我不会放弃。无论如何，我要去满洲，到我丈夫的身边。为此，我做了各种努力。后来，我申请加入'女子爱国服务队'，就这样来到这里。"

盐野的话突然断了。

"然后呢？"

春子问道。

"然后（日语）……"

盐野长叹了一口气。

"无论是那时还是现在，日本有很多像我这样的女人。不仅有女子爱国服务队，还有女子勤劳保国队、特别支援队等等，要为国献身的女人多。整个日本都变成了兵营，年轻的女人，甚至连学生、盲人都被动员起来，参与到军需物资生产企业。女人们不许穿华丽的服装，不许烫发，连戒指也不允许戴。他给我的戒指在来满洲之前也上交了。伙食炊具，甚至连小孩子的玩具三轮车也要全部上交，还有大米、糖、火柴、木炭，全部实行供给票制。可是，我们认为，为了参与圣战的人们，这些都是应该的，我们欣然接受……

"来到满洲的第一天，就负责招待俱乐部负责军官。原以为为这些从战场上下来的人们唱歌、吹尺八就可以，谁承想到了夜里，还让我献身。"

盐野又抚摸着尺八。

"来满洲的时候，为了见到丈夫，我拿来了他珍爱的尺八。我跟他学过，也会吹。我想用吹尺八慰劳士兵们，可他们连看都不看。看到我在哭，俱乐部军官斥责我：'用自己的身体安慰皇军是女子保国队的本分，也是回报国家。'我整天以泪洗面，俱乐部军官抛弃了我，我陷入到更加危险的境地。我被送到'远东军需处'，在那里，我接待普通士兵。大家知道我是日本女人，都点我的名。甚至，有的时候，我一天要接待六十人。"

盐野的声音是湿润的。

"我想，也许这就是命吧，决定认命了。尽管每天接待几十个男人，我还要高呼'为了天皇陛下，欢迎光临！'"

盐野的表情是痛苦的，春子还以为自己替盐野处置，弄疼了她，赶紧停了下来。盐野接着说道，但是，她的表情始终是痛苦的。那是比肉体痛苦更甚的心灵伤痛。

"那儿慰安所的人几乎都是朝鲜姑娘，也有一些支那人。通过负责管理她们，我学会了说中国话和朝鲜话。"

尽管发着高烧，连喘气都困难，但是，今天盐野却说了很多的话，停不下来。

"那一天，军里为圣战勇士开了欢迎会，因为我擅长乐器，和几个日本精神队的年轻姑娘被选中，登上俱乐部舞台吹尺八。就在我认真地吹着的时候，突然从士兵们中间传来了喊声：

"'给我停下来！'

就在大家认真听着的时候，这个声音实在犹如晴天霹雳。随即，声音的主人走上舞台，一把抓住了我的手。一见到这个人，我感觉自己要窒息了，他就是屈城，我的丈夫。

"他拽着我，除了欢迎仪式现场，然后掏出手枪，指着我的头：

"'你到这儿来干什么？这衣服、这打扮是什么鬼？'

"他看出我和精神队的女人一样，为士兵服务，他怒视着我，并且用枪托摁着我的额头。

"我真没想到，会在这儿见到他。因为他越来越愤怒，我也抬高了声音：

"'我也想和您一样，为了天皇，为了大日本帝国的圣战，为了大日本的勇士，来毫无保留地奉献我自己。'

"他哆嗦了一下，放下了枪。随即，进入兵营里。此后，他不再见我。

"'我为了找您，来到了枪林弹雨的战场。''带来了您喜欢的尺八。'尽管再三哀求，他也拒绝见我。

"我每天都去找他，可是有一天，他夺过尺八，扔到地下，还用脚踩，尺八成了两瓣。"

直到这时，春子才发现盐野抱着的尺八的中间用粗粗的绳子缠着。

"此后，我再也没有见过屈城。后来听说，他升中校了，几年后，又听说战死在华北。"

盐野的眼泪顺着睫毛，涌了出来。眼泪一滴一滴落在眼角，脚趾起了皮，浮肿的脸上泪痕斑斑，收不住了。

春子在看着盐野。对于姑娘们来说，无情、刻薄的盐野，穿着绿色和服、白白的木屐，发出愉快的"嗒嗒嗒"声音的盐野再也看不到了。

今天，盐野什么也没穿，完全暴露了自己。从某种层面上来说，盐野如乱麻的人生就如同伤痕累累的躯体，惨不忍睹。

几天后，傍晚时分，春子她们又被拖上了来时坐过的卡车。据说是根据战时状况，部队要撤退，慰安所也要跟着撤退。

"快点，快点（日语）!"

给人以粗暴印象的中村伸之又在喊了，姑娘们被持枪的士兵们逼着，互相扶持着，艰难地爬上了有她们各自那么高的卡车。

盐野是被担架抬出来的，同往常一样，穿着绿色和服。

但是，早已没有了从前的美丽。

她的病已经侵入骨髓。尽管昏迷，但她躺在担架上，手里紧握着一个长长的东西。

只有春子知道那是什么。

那是断成两瓣、用线缠着的尺八。

喵！喵！

从空空荡荡的慰安所方向又传来猫的哭声。也许是猫的哭声唤醒了盐野的意识，盐野想坐起来，可还是躺下了。就这么会儿工夫，尺八掉了下去。

盐野伸出双手，似乎在叫着什么，可是，却喊不出声。

紧随其后的士兵用军靴无情地踩碎了尺八。

可是，担架并没向着卡车的方向来。抬着盐野的士兵们去往军营的一角。透过卡车上的防水布缝隙，目睹这一切的春子心脏怦怦直跳。

士兵们抬着担架去往几个月前英信跳下去的那口枯井。

士兵们来到井口，让担架倾斜起来，担架几乎垂直了，穿着绿色和服的盐野消失在井中。

还没等春子发出惊呼，传来"咣"的手榴弹爆炸的声音。

卡车在夜色中疾驶，春子就像个稻草人。

不知是谁抓住了她的手，这是粗糙的手。手的主人在和春子咬耳朵，是光玉。但是在接连而至的冲击面前，春子的魂儿都丢了。

"别说话（日语）！"

持枪的士兵们在愤怒警告。

卡车在山中的羊肠小道穿行。

光玉的手又一次抓住了春子的手，那双手是颤抖的，春子的手也是颤抖的。春子的手从刚才就开始抖，她一直无法控制。

傍晚时分发生在井口的惨剧烙印在春子的脑海里，让她无法抹去。

看着春子发愣，光玉咬着春子的耳朵说道：

"春子，你要坚强地活下去！"

掀开防水布，光玉跳下了奔跑的车。

"他娘的！"

士兵大吃一惊，发出了尖叫，同时敲打着驾驶室，在用日语说着什么。

吱扭！

卡车停了下来，车上的人们都被晃倒了。

士兵们跳下了车，中村伸之也跳下了副驾驶的位置。

跳下车在地上打滚的光玉站起来，一瘸一拐地向着丛林跑去，黑暗和丛林挡住了她。

"站住（日语）！"

中村伸之发出了吼叫，连喊了几声，随即从腰间拔出手枪，瞄准树木杂草，向着人影连连开炮。

士兵们也跟着向丛林开枪。

黑暗中，只看到枪里冒出来的火花。

当！当！

丛林的静寂被打破了。

被枪声震的，丛林发抖。

"光玉！"

在卡车上，春子撕扯着胸口，发出了绝望的叹息。

血　雨

四四方方的太阳落了，四四方方的月亮升起来了。

春子也弄不清楚，太阳和月亮升了几次，落了几次。

屋子四面都是墙，连个小窗户也没有。透过门缝进来的光形成了长方形。

伸手不见五指，在漫长的黑暗中，春子每天都通过数那四四方方的太阳和月亮，辨别日夜更替，惊讶于自己居然还活着。身体疲惫，精神处在似梦非梦之间。

传来了雨声。

大冬天的，这里居然下雨。

春子披着黄色的褥子，蜷缩着身子，背靠着墙，那墙就像冰柱似的，冷冰冰的。

伴着绵绵的雨声，肚子咕咕直叫。

慰安妇每天的伙食就是稀稀的玉米糊糊和小馒头，还有竹笋咸菜。而被关到"面壁室"里的人来说，每天只有一顿。

下腹还是一阵阵疼。

春子把手伸到裙子里摸肚子，能够触摸到凹凸不平的蚯蚓般的痕迹。快结痂了，春子不住地哆嗦。

春子被关到了"面壁室"里。

这是站起来能碰头、坐下伸不开两腿、只能蜷缩着坐着的像笼子似的小屋。所谓违反慰安所戒律的姑娘们会被关进"面壁室"里。处罚的理由就是以身体不适为由，拒绝接待士兵，和慰安所的管理人"妈妈"顶嘴，等等。不使用"突击1号"，也要被关进"面壁室"里。

那一天，春子气愤至极，咬了扑向自己的军官的手指头。

这是个军服肩上有红色肩章、被士兵们前呼后拥着进来的人，他喝醉了。可憎的是，人中上有一撮小胡子。

"漂亮（日语）。"

"小胡子"踉踉跄跄地走过来，抬起了春子的下颌。

他翻着大衣兜，掏出了一个扁扁的酒瓶，把铁质酒瓶递给了春子。

"喝（日语）。"

"不会，我不会喝酒！"

春子抬起了头，她想帮鬼子脱了大衣，挂到墙上。鬼子紧紧地拉扯着春子的肩膀，给推到了墙角。他用毛茸茸的手抓住春子的脸，给春子灌酒。

因为酒太辣了，春子难受得直咳嗽，鬼子则哈哈大笑。

"小胡子"执意不用"突击1号"，并且扇了劝自己使用"突击1号"的春子的脸。

鬼子像野兽一样扑向春子，春子受尽凌辱，感觉浑身像散架了。

满足了兽欲的鬼子从春子的身上滑了下去。

"小胡子"气喘吁吁地从裤腰带上抽出什么。

是军刀，泛着瘆人的光。

鬼子举起酒瓶，倒到了刀上，"小胡子"用舌头舔着顺着刀流下来的酒。

不知鬼子要要什么花样，春子不安的目光一直追随着鬼子的手。

鬼子把目光从刀上移开，俯视着因为疲惫躺着的春子。他推了推小胡子，淫荡地笑了起来。

突然，鬼子又扑向了春子，骑到春子的肚子上。

瞬间，春子感到刺骨的疼痛，发出了尖叫。

鬼子在用刀刺春子的小肚子。

"漂亮的小姐，留个纪念（日语）吧！"

"小胡子"在春子的肚子上刻着自己的名字。

因为疼痛，春子连连呼救，并且拼死挣扎，可是鬼子腕力大，压制住了春子，在春子的肚子上一个字一个字地刻。

鬼子一只手在刻，另一只手在捶打誓死反抗的春子的脸。鬼子肮脏的手指头触到了春子的嘴唇，春子一口咬住了它。

鬼子就像被屠宰的猪，发出了号叫。

鬼子的脸也如同麻纸一样可怕。

"朝鲜婢！"

鬼子用拳头猛烈击打春子的脸。

春子昏死过去，等到醒来发现已经到了"面壁室"。

一个多月前，冒着刺骨的寒风，一行人抵达的地方是南京。

乘着马车，沿途看到了江，江面很宽，很长，是条大江，在冬季也不上冻。

"这是扬子江，据说是支那最长的江……"

在车站迎接她们，并引导她们坐上马车的日本女人用朝鲜语说道。见到了姑娘们，女人堆起笑容笑了起来，露出了虎牙。按照惯例，姑娘们也叫她"妈妈"。

马车进入到城门里，出现了繁华的街道。

高耸入云的高楼大厦、川流不息的人流、陌生的口音……

载着绅士淑女的人力车抢到她们前面。

当、当、当，发出铃声，电车驶过她们身旁。

看到在路面上行驶的像火车头似的东西，姑娘们觉得很稀罕。

看着春子在环顾四周，不知是谁说道：

"总算到了大城市。"

尽管五光十色，可是姑娘们还是有些不甘心：

"离家越来越远了！"

叹了口气，不知是谁又说道。

紧紧抱着包袱，春子说道：

"好在不冷！"

她们入住的地方是用黄土围墙包着的有着朱红色窗户的二层小楼。

大门上挂着写有"上军南部慰安所"字样的牌子。

在这三十多名朝鲜人姑娘来之前，这里已经有了慰安妇。

她们乘坐的马车刚一进院子，就有女人从窗户里伸出脑袋看她们。穿的和春子她们截然不同，语言也不一样。她们说话就像在嗑瓜子，这些姑娘是中国人。

不知是谁从二楼跑了下来，靠在门旁，看着下车的春子她们。

春子瞅了一眼穿着上盖住脖子、下盖到脚后跟的长袍的姑娘。

这是两颊有甜甜酒窝的少女，少女好奇地看着穿着白色衣服、黑色裙子的春子。

春子不由自主地披了披衣服。出门的时候，姨妈给的新衣服如今已经成了破烂的抹布，不仅起了球，而且还褪了色。不知什么时候印上的，衣服前面有一块纽扣般大小的血迹，无论怎么洗，也洗不掉。

春子的目光与少女的目光碰到了一起，可是，少女却把目光转向了别处。

黑黑的眼珠子闪烁着好奇，可那也是暂时的，少女的眼神失去了光彩。春子再看，发现少女的眼睛失去了生机，就如同枯井的瞳孔，是求救、求援的那种眼神。

这个眼神让春子想到了另一双眼睛，那就是来自龙井村的慧淑的眼睛。

光玉从军用卡车上跳下去后，卡车继续行驶。

载着抽泣的春子的卡车停在了一个临时车站，姑娘们又坐上了火车。

春子觉得火车就像蠕动的蛆，她讨厌火车。刚开始坐火车的时候，春子满怀着好奇，可是，火车穿过无数隧道，把她们送到了地狱。

这一次不是客车，是货车。连一个窗户都没有，拉开硕大的铁门，推着姑娘们上了货车。

冰凉的地面上只有稻草，车厢里漆黑一片，只能从触碰到的胳膊、肩膀和发出的呼吸，猜到对方是谁。

火车哐啷哐啷的震动和春子的心跳交织在一起。

"又要带我们上哪儿呀？"

在黑暗中，春子就像盲人摸索着用手掌触摸着地面，难掩不安地问道。不知是谁，握住了春子的手。

"是慧淑吧？"

春子似乎认出了手的主人。

吁……对方什么也没说，长长地吐出一口气。

夜究竟有多深，谁也不知道。只有火车的震动回荡在耳边。

这世上风波多患难疾苦也多

　　春子开始唱起歌来。她觉得总得干点啥，才能摆脱这黑暗的恐怖。

　　我能够舒心休息的地方就是仁慈的主前

　　她唱了《这世上风波多》的圣歌，是以前在鹿沟教会时，张暮岁老师教的。

　　就如同好看的栗子，总是一身端庄栗色衣服、额头亮光光的老师如今在哪儿呢？

　　他知道我们所经历的这些患难，这些疾苦吗？

　　他知道他那么爱惜的英信被妖魔鬼怪踩躏，坠入无间道了吗？

　　光玉怎么样了？是被枪打中，还是侥幸活了下来？

　　我们所遭受的患难疾苦，老师知道吗？主知道吗？

　　一想到光玉，春子就觉得揪心的痛。原以为眼泪已经流干了，可是，不争气的眼泪又如同决堤的海，涌了出来。

　　相信主的兄弟姐妹　虽然身子已经离开……

　　哽咽着，春子唱完了最后一节，慧淑紧紧地搂着春子的肩膀，并且紧紧地握着春子的双手，放到自己的胸前。慧淑对春子感同身受，她的心就像在悲伤的铁轨上，伴着火车汽笛声，起伏不定。

　　哐啷啷！

　　火车停在了某个车站。

　　硕大的铁门开了。

寒气袭来，而且突然出现的灯光也让姑娘们眯起了眼睛。

那是手电筒的光，几十个手电筒的光就像乱舞的刀鞘，窥视着姑娘们的肉体。

随即，传来了哈哈的哄堂大笑。春子看到了手电筒光后面发出哄堂大笑的军人的血盆大口。

中村伸之用纸卷成喇叭状，站到了他们面前，将两腿并拢，做了九十度鞠躬。

"为了圣战战斗的各位皇军勇士辛苦了。我们要为你们提供奉献身心的服务（日语）。规定时间是一个小时，希望分成三个车厢来工作。为了各位勇士的健康，必须使用'突击1号'。"

几个士兵嘻嘻笑着，从中村伸之递过来的军用背包中掏出避孕工具。

"为了各位勇士的健康，必须使用'突击1号'……"

虽说中村伸之再三强调，可是，还没等他说完，士兵们就把他推开，纷纷上了火车。

"慢慢来，慢慢来（日语）。"

中村伸之大喊大叫，可是，兴奋至极的士兵们已经像决堤的洪水。被士兵们推搡着，中村伸之踉跄了一下，而"喇叭"也从他的手里滑了出去。

就如同黄鼠狼从山上下来扑向鸡窝的架势。

他们推搡着，跳上车，纷纷将慰安妇推到地上。车厢里即刻充满了惊讶的呼救和奇怪的哄笑声。

上车的士兵们则举着手电筒，往车厢里照，并且催促道："快点快点。"

"别装蒜。"

"该轮到我了。"

等不及的士兵们甚至还破口大骂。

这时，从站舍方面又传来歌声。

不期而至的歌声让春子不免哆嗦了一下。

是再熟悉不过的歌曲。

那一天，春子她们在不知名的车站被拉到军营，被夺去贞操的那一天，在军营里被蹂躏的时候听到的就是这首歌。

这首歌是进行曲风格，从挂在站舍屋檐下的扬声器里传出，回荡在小站的上空。

城墙用铁制成　擅攻能防
矗立的城墙守护皇国各地

以"大"字躺在车厢地板上的春子和慧淑头对着头。

这帮"黄鼠狼"在肆意蹂躏姑娘们的躯体，两个人的头碰到了一起。

两个人的眼神碰到了一起。在黑暗中，透过手电筒的光速，依稀可见的那个眼神是那么无助、绝望。春子还从来没有看到过如此凄凉的眼神。

春子闭上了双眼。

矗立的城墙守护皇国各地

晃动着的手电筒光速，刺痛耳膜的歌声深入到她们的身体。

也不知过了多久，喧嚣结束了，还没等姑娘们回过神来，中村伸之跳上了火车：

"17 号、21 号、23 号、36 号、42 号，出列！"

用手电筒一一照着姑娘们的脸，点了有十几人。姑娘们被中村伸之逼着，下了车。大家都是踉踉跄跄的，其中也包括慧淑。因为下体的疼痛，慧淑站立不稳，捂着肚子，蜷缩着。

在站台区域的一边停放着一辆卡车，发出昏黄的灯光，卡车来到姑娘们面前。坐在车厢里目睹了这一切，春子突然有种不祥的预感。

"上去（日语）。"

中村伸之推搡着姑娘们。

"因为部队需要，你们要到其他地方！"

慧淑犹豫着上车，并且望了望春子的方向。春子又看到了无助绝望的眼神。呆呆地看着春子，慧淑泪如雨下。

倒着的春子用胳膊肘撑着地面，直起了身。她使劲喊出：

"慧淑！"

伴随着"吱扭扭"的声音，铁门又关上了。铁门生锈的声音吞没了春子的呼叫。

呜呜！

如同猛兽的咆哮，汽笛声响。

哐啷，火车后退了一下，开始跑起来。

通常被关在"面壁室"里也就一天，就算慰安妇违背了慰安所的戒律，也就关个两三天，但是，春子却被关了很久。

此前，春子也被关进过"面壁室"，就是试图从慰安所逃跑被抓那一次。

一想到独自一人从卡车上跳下去的光玉，春子连一时都不愿意在这陌生的地方待下去。她也在后悔，为什么自己没有了当时的勇气，一起下去？

可是，一旦来到慰安所外面，在七拐八拐的胡同里，春子却迷失了方向，被追上来的人们揪着头发，回到了慰安所。

春子被打得鼻青脸肿，被关到"面壁室"里待了两天。也许一起算账，给双倍的处罚。

肚子上的伤口已经结痂了，起码被关了一周了。

"小胡子"说的话仿佛还回荡在耳边：

"朝鲜婢。"

这是辱骂像她一样的朝鲜慰安妇的话。

春子从小就挨骂，长这么大，妈妈一直在骂，可是，妈妈的骂是无法忍受生活苦，而像习惯一样冒出来的话，是对子女喜爱的另类表现。

但是，日本鬼子的辱骂是不一样的，用轻蔑的表情，从牙缝间吐出来，那种谩骂足以摧毁姑娘们的自尊心。这种谩骂侵入骨髓。

这也是中村伸之经常说的话，原以为可以不再见到那张丑陋的脸，没想到在这里又听到了同样的谩骂声。

刚开始，关在"面壁室"里的时候，春子为不用再看鬼子们的脸而感到庆幸，可是时间一长，待在又冷又黑的屋子里，春子开始感到不安。

每天一顿的馒头和粥也不给了。春子想，也许是想饿死我！

最难受的是喝不到水。嘴唇已经起了皮，能感到血腥味。

春子在听外面的动静，她把耳朵紧紧地贴在门上。

"面壁室"设在与慰安所两层建筑只有一墙之隔的废弃的一间民居。

风向转换的时候，慰安所二楼的声音也能传到耳朵里。有时也会传来歌声，中国人慰安妇在唱歌。

那个脸上有深深的酒窝、叫小唐的慰安妇少女在弹着乐器唱歌。

少女弹的是琵琶，是在形似龟壳的木板上有四个弦的乐器。也许是为了演奏，小唐右手的指甲很长，用这个指甲弹拨，会流出清雅的曲调。小唐的声音也符合曲调，如同绸缎。

　　金陵城足够大
　　内十八　外十八
　　风景天下独一无二

　　虽说曲调很美，可是在东风吹的萧瑟夜晚听了，觉得有些格格不入。

　　虽说听不明白，可是，春子她们也流下了眼泪。

　　又是士兵光临的夜晚，小唐如同绸缎般的声音就会变调，高声呼喊起来：

　　"疼（日语），疼（日语）！"

　　为了震慑野兽般的鬼子，小唐用刚刚学到的日语在控诉。

　　但是，因为兽欲丧失理性的鬼子们不会听小唐的。

　　鬼子认为小唐矫情，把她也关进"面壁室"里。

　　有一次，小唐唱着唱着，把琵琶扔了，随即放声大哭起来。

　　因为互相听不懂对方的话，春子只能和小唐用目光交流。不，只有这一瞬间，春子是懂得哭声的含意的，晓得！

　　第二天，小唐连上了琵琶的弦，并且在琵琶缠绳的地方，挂了红色的穗。随即向春子亮起了琵琶，苍白的脸上有了些笑意。

　　拿起装扮一新的琵琶，小唐又开始唱歌：

　　金陵城足够大
　　内十八　外十八

可是现在，再也听不到歌声了。

春子她们来到的这个地方从第一天开始，就是阴沉沉的。

轰隆，轰隆。

不知从哪里，间歇地传来炮声。

当当，嗒嗒嗒。

又传来枪声，就像蹦豆似的。

仿佛有什么巨大的东西过去，还能听到铁轮的声音。

"不许动（日语）！"

"现在是战时状况，不许出慰安所一步，绝对不许！（日语）"

虎牙"妈妈"在威胁姑娘们。

可是不知从什么时候，像死一般寂静。

这种寂静更加令人不安。

"有人吗？有没有人？"

大声叫唤，却无人回答。

"有人吗？（日语）"

用在慰安所里学到的生疏的日语喊道。

但是，外面仍然死一般沉寂。

春子咣咣砸门。

随即，又用脚踢。袜套破了，胶鞋也开胶了，露出了鞋底。虽说脚疼得厉害，可是，春子还是拼命用脚踢门。她就像溺水的人拼命要冒出水面，死命地砸门。

呼啦啦！

木门倒了，冷风呼啸而至。

浑身冻得抖成了筛糠，她慌忙披上了黄色毯子，从头到脚。

她踉跄着，走出"面壁室"。

从黑暗中走出来，春子感到目眩，用双手捂住了眼睛。

慰安所空空如也，不知是什么时候撤退的，慰安所里空空如也。被火车载来的几十名朝鲜人姑娘，操着生疏的朝鲜话、中国话的管理人"妈妈"，有着一张可爱脸的小唐也不知去向。

挂在大门口的慰安所牌子也不见了。

春子披着毯子，出了胡同。她回头看了看，担心有没有人追她，发现没有任何人。

春子在匆匆赶路，突然，有个东西吸引了她的视线。在确认这个东西的瞬间，莫名的恐惧袭来。

那是琵琶。

分明就是小唐演奏的弦乐器琵琶。

琵琶圆锥形的弦那里有红穗，分明就是小唐的乐器。

琵琶被摔坏了，弦都断了，看起来很是不堪，红色的穗都脏了，被瑟瑟寒风吹着。

这是小唐钟爱的乐器。有一次，春子觉得新奇，盯着看，小唐让春子可以摸一摸。接过这个类似于伽倻琴的乐器，春子小心翼翼地弹拨了一下。

铮！发出了清脆的声音。

二人相视而笑，笑得却有些凄凉。

看着破碎的琵琶，眼前浮现出小唐白皙的面容，有了一种不安。

春子不知道发生了什么，而对于未知的想象又加重了恐怖气息。

她又看了看慰安所方向。

看到朱红色大门和朱红色窗框，春子觉得更加恐怖了。

无法摆脱无尽的想象和恐惧，春子开始跑起来。

因为很久没有吃东西，春子的身体就像稻草人。尽管气喘吁吁，她一门心思就是跑，她想，只要离开慰安所，就安全了。

逃出了胡同，来到了浦口。

可是，一刹那，春子呆住了。

就像没有睡醒的人，为了找到现实感，春子瞪大了双眼。

在面对滔滔大河的浦口，春子看到了什么呢?

在浦口堆着什么东西，堆成了小山。春子原以为那是要马上装船的东西。但是再一看，春子只觉热血往上涌。

那是……

尸体。

是死人堆。

尸体堆成了房子和山那么高。

尸体就像破烂，扭曲着，血迹斑斑的脸上，表情都是痛苦的。在死人堆周边，血迹斑斑，已经凝固了，浦口的土地被染成了红色。

几十名苦力戴着手套，正在处理尸体。抬起尸体，站在防波堤上，扔到河里，就像在工地拉石头的人力，大家面无表情，抬起尸体，就扔到扬子江里。

尸体堆在河坝，形成了新的坝。

苦力的手套被血染成了红色。

每当把尸体扔到没上冻的扬子江里时，就会弹起河水。

弹起来的水花也是红的，红色的水花如同水鬼的舌头。

春子突然感到恶心，蹲在那里吐了，肚子里也没食物，吐出来的都是水。

不知什么东西碰到了大腿，心不免一沉，春子吓得赶紧挪了腿。

那是人的胳膊，是被砍掉的人的胳膊。

她在连连后退，可是，又被什么东西绊了，原来还是人的尸体。尸体的碎片连连缠住了她的脚。

啊啊，春子发出了惊呼。

但是，路过的人谁都没有搭理她。被血雨腥风洗礼过的城市异常沉寂，有些诡异。

如同涂了石膏般苍白的脸，不在乎一切的人们背着大包小包，跨过堆在路面上的尸体，不知逃往何处。被他们绊过的被砍掉的头颅就像球一样骨碌碌转。

只能从他们匆匆的脚步中，看出他们要尽早摆脱这座地狱之城的内心想法。

环顾四周，整座城市就像被污水洗礼过，瞬间肮脏了。

一切都被摧毁了。

建筑、城墙、树木、车辆，还有人……

在浦口周边的街道，处处都是散落的尸体。房屋被烧毁了，城墙倒了，尸体堆在那里。远处，还能看到冒着的浓浓黑烟。

不知从哪里传来了女人泣血的哭声，在这可怕的景象面前，能够听到哭声也好，可是，哭声立即止住了。这座城市的人们似乎连哭泣也忘了。

卡车在向浦口驶来，卡车上都是尸体。

如同卸货，卸下尸体，另一辆卡车驶来，卸下的也是尸体。

一定是梦，可如果是梦，又无疑是噩梦。

春子如同掉进噩梦的旋涡，像是梦魇之人，哆嗦不停。

下雨了。

萧瑟的冬雨带着血腥味。

绵绵细雨使得凝固在地面上的血又开始流。

雨夹杂着风，吹动了春子的黑裙子。

在凄风雪雨中，天地一片，春子就像石头，定在了那里。

第三部

春子的南京

春子没想到，自己第一次来中国，就会来南京。

春子离开日本的时候想的是可以去看看未婚夫的故乡，去见见他的父母，为此特别激动。

可是真正到了未婚夫的家乡，朝鲜族聚集的地方，还没等缓过神来，春子就感到迷惑了。

怎么说呢？就像是看激情的叙事音乐剧，还没等休息，就到了下一片段。

这几天对于春子来说，的确是有着别样体验。

没想到钟赫的奶奶，连名字都和自己一样的春子奶奶这两天断断续续的口述是那么令人震惊。虽说通过看一些同样题材的恐怖影片，春子也会发出惊呼，但是，她不会想到，这种可怕的事情的罪魁祸首竟是自己的国家日本，春子为此而感到震惊。

对于春子这一代日本年轻人来说，慰安妇问题是在历史剧中没有意思，轻易略过的一个场面。而且，她也怀疑，这种可怕的事情真的发生过吗？交了朝鲜族男朋友后，他们就一起看有关慰安妇问题的新闻节目，因为这是无法回避的。

对于春子来说，慰安妇问题曾经是如同戏剧中出现的遥不可及的故事，可是没想到，未婚夫的奶奶居然就是慰安妇！

春子完全理解男朋友的心情。钟赫的表情始终是严肃的。未婚夫原本是温暖的人，春子还是第一次看到钟赫如此的表情。

钟赫也不管陪着他一起回来的春子了，每天都和那个慰安妇问题对策协议会的人一起在商量着什么。听了他们转述奶奶的故事，钟赫的脸变得铁青。此后，钟赫就不再说话了。

几天后，钟赫决定自掏腰包，跟着慰安妇问题对策协议会的人一起去南京。他毛遂自荐，成了慰安妇问题对策协议会的一员。

钟赫很想知道奶奶的一生究竟是怎么度过的。听了他们录制的奶奶的讲话，钟赫发出了惊呼：

"这么说，奶奶还去过发生了令人诅咒的南京大屠杀的南京？"

钟赫的脸突然变得铁青。

此行，韩国慰安妇问题对策协议会在对留在东北地区的慰安妇现状进行调查后，准备沿着朝鲜人慰安妇的足迹，前往南京。钟赫毫不犹豫地加入到了其中。

"春子，我们一起去南京吧！"钟赫和春子说。

因为急，购不到机票。韩国的慰安妇问题对策协议会在来中国之前已经在网上购了往返机票，也包括南京等地的机票。钟赫决定坐火车去和他们会合。在未经春子同意的前提下，钟赫就购了两张火车票。

春子犹豫了一下，但还是被未婚夫拉上了车。

春子的内心是想去未婚夫一直炫耀的长白山，死于日本福冈的被誉为"星星诗人"的尹东柱的家乡明东村。她还想品尝据说那么美味的羊肉串和冷面。春子想同心上人一起感受异域的美丽风光。但是，未婚夫肯定没有这种心情。

火车行驶了一天一宿。第一次坐上行驶在大陆的火车，春子逐渐有了旅行的感觉。

但是在火车上，男朋友的心情也没好起来。一直以来耐心讲东讲西的钟赫已经找不到了。就像戴了纸面具，钟赫面无表情，一言不发。也许是几天没睡好觉，两眼充血。

在火车站超市，钟赫买了一瓶白酒，是三十八度的高粱酒。比日本用米和菊花酿成的"菊正宗"的度数要高很多，但是，钟赫喝了，就着在超市买的茶叶蛋。还说什么没酒量，把一斤白酒都给干了。

火车走了一天一夜，早晨才到达南京站。春子是第一次坐这么长时间的火车，累得倒在了卧铺上。似睡非睡，抬起头来，发现钟赫还坐在过道上的小椅子上，只是呆呆地看着外面的风景。透过过道上熹微的指示灯，看到钟赫就像雕塑一样，一动不动地看着窗外。

火车到站了，在拿行李的时候，钟赫总算意识到春子的存在，说了一句：

"一旦来了，先转转南京，那里离上海近，再到浦东去玩几天。"

提前一天到的慰安妇问题对策协议会的负责人和当地中国人翻译一起来接站。

"他们是慰安妇家属。"

负责人在向年轻的女翻译介绍钟赫和春子。

春子不免吃了一惊，不知从什么时候开始，自己就成了慰安妇家属。

"您好！"

钟赫冲着对方严肃地点点头。他在用汉语和女翻译说着什么。

在南京大学任教的张教授给他们当向导，张教授是在中国率先从事慰安妇问题研究的女教授。

"去秦淮区吧！"

张教授和司机说了目的地。

南京不愧为江苏省的省会，有着大都市的风貌。车水马龙、川

春子的南京／

流不息，载着一行人的车辆步履维艰。而这反而让春子可以看看南京这座具有很多古迹和现代建筑的城市。

钟赫把脸紧贴在车窗上，一一注视着经过的南京的大街小巷。他似乎想要把这座有着奶奶伤心记忆和凄凉足迹的城市的每个角落都记下来。

"秦淮区利济巷里，还有很多慰安所建筑。"张教授说道。张教授一头干练的短发，嗓门有些高。

"几天前，我参加文物局召开的会议，呼吁保护慰安所建筑物。据我们调查，在南京运营过的慰安所迄今为止确认的就有四十多个。"

"四十个吗？"

一行人发出了惊呼。

"该遗迹是证明日本帝国主义滔天罪行的重要文物。不能因为开发，就任其消失。绝对不能撤销或者转移它。"

"应该像奥斯维辛集中营一样，原封保存，告诉历史的真实。"

负责人接着说："是的，我们也主张将那里定为'文物保护单位'，原封保管。文物保护与商业开发会发生冲突，要解决冲突，政府就应该出面。不仅要保存慰安所，也要建立纪念慰安妇的慰安妇纪念馆。"

张教授加重语气在说，声调有些激昂。

在翻译翻译之前，钟赫已经把意思转达给了双方。流畅的汉语和韩语，让中国女翻译有些尴尬。等到女翻译翻译的时候，她总在看钟赫的反应。

钟赫的脸憋得通红，因为他觉得事情已经迫在眉睫了。

张教授接着说："众所周知，'慰安妇'制度是当时日本军国主义政府的重要国策之一。1937年冬天，日军侵入南京后，奉'华中方面军'司令官松井石根的指示，在这里开设了慰安所。血洗南京城的罪魁祸首在'波茨坦会谈'后，作为南京大屠杀的主谋，被远东国际军事法庭处以极刑。"

张教授接着说道："从 1937 年夏天开始，日军开始无差别地炮轰南京。现在的繁华购物街淮清桥附近，当时就是金九先生的住处。"

"啊！"来自韩国的人们一起发出了叹息。

"据说当时的炮轰使得金九先生住处的房顶塌了。韩国临时政府的要员及其家属百余人在南京大屠杀爆发的三周前就乘船到长沙避难。如果再晚一些，韩国临时政府的命运也许就会在此结束了。"

张教授知识渊博，对中韩历史研究造诣颇深。

"吉林省档案馆保管有日本关东军文书 10 万件，前不久，研究学者从中发现了很多有关朝鲜人慰安妇的记录。南京大屠杀期间，在南京的朝鲜人慰安妇就有 36 人。"

张教授一气说了下来。

"有记录表明，在南京，中国人和朝鲜人慰安妇共计 109 人，在 10 天的时间里接待了 8929 个日军。"

教授的声音微微颤抖，坐在后排的韩国代表团负责人轻轻地拍了拍她的肩膀，"我们有着同质性的疼痛。"她的声音也是湿润的。

张教授哽咽着，接着说道：

"有记录表明，一名朝鲜人慰安妇 10 天接待了 267 个日本兵。"

车厢里突然一片沉默。

嘀！嘀！

因为道路拥挤，车辆行驶得缓慢，司机神经质地鸣了喇叭。

声音刺耳，钟赫皱起了眉头，可是，春子却希望这声音能够一直响，要不，她觉得实在难以忍受车里的沉默了。她坐在车的最后一排，只顾着看手机。

她怕别人认出她是日本人，所以，始终一言不发。连日来，韩国慰安妇问题对策协议会的人也没猜出她是日本人。有的时候，他们会认为春子说的是东北地区朝鲜语方言。他们认为，寡言微笑的春子是个内向羞涩的姑娘。

到一个胡同，车终于停下来了。

这是利济巷18号。

简陋的二层小楼被现代化建筑包围着。

砖瓦已经破败，墙体是蓝色的，窗框是朱红色的。

"大家都知道那张照片吧？有关慰安妇的照片中很有名的那一幅，1944年联合军拍摄的怀孕的朴永心老奶奶曾经就在这里。"

张教授从带来的信封中，掏出了一张照片。春子在偷窥着张教授手里举着的照片。

在持枪的士兵旁边，神色茫然、蜷缩着坐着的慰安妇，其中有一个慰安妇腹部鼓鼓的，几乎要倒下。

韩国代表团一行跟随张教授，围着房子在转，并且不时地记录着什么，拍下照片。张教授接着说道：

"这里原是万大大（南京方言：叔叔的意思）的父亲经营的米店，后来被日军占领，盖了日军慰安所。这附近还有日本人开的洋行。据'万大大'介绍，当时管这里叫日本窑窑。在汉语里，窑是煤矿、山洞的意思，此外还有妓院的意思。前几年，'万大大'去世。战争的时候，他只有十来岁，但却记忆犹新。鬼子撤退后，进到房间里一看，发现有很多奇怪的胶皮袋，用瓦楞纸的小箱子包着。胶皮袋里写着'突击1号'的字样……"

翻译和钟赫来回翻译着张教授的话。

这几天，春子不知听了多少遍"突击1号"这个词，已经烙印在她心里。

"据说还有'星秘膏'的软膏，是预防性病的软膏。现收藏在博物馆，包装盒上写着'陆军卫生材料厂'和'陆军军需品厂'生产制造，还具体写了软膏的使用方法……后来，'万大大'他们家又开了米店，但是，人们已经不再叫米店的名字了，而是代之以'窑窑'，朝鲜人慰安妇待过的地方就叫'高丽窑窑'。"

大家无话可说。

春子轻轻地摸了摸一碰就会碎的黑黑的窗框。

"窑窑。"

春子悄悄地重复了一下这个名字，发音很简单，但是却蕴藏着多大的屈辱和疼痛呢！

"不幸的是，南京是日军侵略中国的十四年间，慰安所和慰安妇最多的城市。2014年，几个慰安妇旧址被南京市政府指定为文物保护单位。

"这里主要是中国人慰安妇和日本人慰安妇，朝鲜人慰安妇主要在城西铁管巷，也就是现在的四环路，那里又叫'上军南部慰安所'。西山路附近也有一个，叫'上军北部慰安所'。"

张教授环顾了一下队员，问道：

"各位都读过《红楼梦》吧？"

这叫什么问题。

"您是指中国四大古典名著之一的《红楼梦》吗？"

大家面面相觑。

"这个'利济巷'附近原为《红楼梦》作者曹雪芹先生的故居，但是近来，随着这里发掘出日军慰安所，更加出名。"

张教授长叹一口气。

一行人在利济巷慰安所建筑物前合影留念。春子主动申请为大家照相，因为她觉得自己没有资格参与其中。

咔嚓，春子就像抚摸老伤口，小心翼翼地按下了快门。

韩国代表团一行在南京的两天里，几乎转遍了南京的大街小巷。钟赫也自愿加入其中，兼任翻译。他们的最后一站地是"南京大屠杀纪念馆"。

跟在钟赫身后，春子在南京地铁 2 号线入口有些犹豫了。

入口处高高地挂着"去往南京大屠杀纪念馆"的路标。

看了看标志牌上写着的正式名称是"侵华日军南京大屠杀遇难同胞纪念馆"。

通常在宰杀家畜时用"屠杀"一词，日语有"虐杀"之意，英语也译作"massacre"。

以此为起点，每隔几百步，就有去往纪念馆的标志牌。标志牌给人以威压感。

在纪念馆前，春子停下了脚步。一个有普通建筑高的大型雕塑挡住了她的去路。

衣衫褴褛绝望地望着大空的母亲，母亲手里倒下的不是什么东西，而是死去的孩子。

悲惨、哀伤、哀切……那个表情可以表达绝望的所有词汇，春子不禁哆嗦起来。

春子木讷地看着钟赫，她决定不去，眼神接近哀怨。

钟赫无言地点点头。钟赫想到，作为日本人，很不容易进入到大屠杀纪念馆。

钟赫让春子到附近的咖啡座等他，二人约定，一个半小时后，在纪念馆正门前会合。

撇下春子，一行人进入纪念馆。春子赶紧离开了那里。

春子步履匆匆地进到一个胡同，没想到是个旧货市场。

有古字画、古瓷器、老式照相机、老式留声机、缝纫机、雕刻品、戒指、项链……就仿佛沉睡过后突然醒过来，各式各样的古董出现在眼前。

这个胡同就像用弦乐器演奏的古色古香的乐曲，在密闭的、杂乱的古董中间回荡。

缀着红色穗的琵琶、穿着旗袍的二八少女、断了弦失去音色的乐器，这些形象浮现在春子的脑海里。

据说中国古玩市场有很多清朝官员使用过的东西。她听说过有人买了看似不起眼，却是稀有宝物的故事。据说在古玩市场上还发现了慈禧太后使用过的夜壶。

虽说春子对古玩一窍不通，但是真正来到古玩市场，她还是想挑选些什么。因为爷爷特别喜欢收藏古董，她想作为来中国旅行的纪念，给爷爷买些什么。

春子环顾四周，终于有一样东西吸引了她的目光。

是木制烟袋锅子，爷爷嘴里总是叨着像小锤子似的烟袋锅子，因为患有哮喘，医生叮嘱爷爷戒烟，所以，爷爷不抽烟，只是把空烟袋锅子含在嘴里过瘾。

"这个烟袋锅子比你的年龄都大，不，比你妈妈的年龄还大。"

春子的脑海里浮现起爷爷珍惜的木制烟袋锅子。爷爷的烟袋锅子被爷爷摸得已经如同骨头般光滑，已经看不见上面的字迹，只能依稀看见烟袋锅子上的字迹。是两个字，一个是"金"字，另一个已经看不清了。可是，眼前的这个烟袋锅子就像刚刚放了墨，非常清晰。

曾经问过爷爷烟袋锅子上写的是什么意思，可是爷爷答非所问，总是卖关子。想起爷爷，春子拿起了烟袋锅子。

"韩国人思密达？这个烟袋锅子是好的古董思密达。"

看起来有五十开外的老板很会搭讪做生意，一手拿着老式水杯，把春子当成了韩国人，说着半通不通的韩语，套近乎。

不会说汉语，春子试着用英语问价。

老板呼噜噜地喝着茶水，用右手的大拇指和食指比画着：

"八百人民币思密达。"

春子没听明白，一脸懵懂的表情。

"不是韩国人思密达？八百人民币，八百人民币思密达。"

春子掏出了钱包，她想掏出钱，比画着问价格。

可是，春子掏出来的是日元，是印着夏目漱石的千元日元。兑换的人民币全都在钟赫的钱包里。

看着钱，老板的脸色大变。

"日本人？"

春子仿佛听懂了，不自觉地点点头。

"对，不是韩国人，是日本人。"

担心老板听不懂日语，春子赶紧说自己来自日本，并且递过去钱。

"除了人民币，不知您收不收日元？"

老板反问道：

"什么，Japan？"

也不等春子回答，老板一把从春子的手里抢回烟袋锅子，

"不卖，不卖了！"

老板突然拔高了声音，旁边做生意的也纷纷问发生了什么事情。

"怎么了，老王？"

"这个女人是日本人。"

老板上上下下打量着春子。

"日本人干吗来南京？"

旁边的老板从牙缝里挤出一句。

"就是。"

"跑这来撒野？日本鬼子。"

其他老板也来了这么一句。

虽说听不懂，但春子从他们撇嘴的表情，可以看出他们的敌视。

老板把烟袋锅子放回到了原位。

"我宁愿把尊贵的古董当成狗食，也不给日本人，包括日本鬼子的七大姑八大姨！"

说着，又喝了一口茶。在嘴里呼噜呼噜转了，咔的一声，吐了出来。

茶水差点儿溅到春子的裙子上。

春子吓得后退了一步。

春子踉踉跄跄，差点儿跌倒。不知是谁，握住了她的手。

"我不是让你等着吗？怎么跑这儿来了？我找你找了好半天！"

原来是钟赫。

春子扑到钟赫的怀里，站了好半天。

火车站上有很多准备搭乘前往上海高铁的人们。两个人相互依偎着，在等待发车时间。

"还好，南京到上海坐高铁也就两个小时，很快就会到。到了上海，我们去欣赏黄浦江夜景，吃好吃的。"

钟赫抚摸着春子的肩膀，

"到了上海，转换一下心情！"

钟赫懂得春子的心情。

傍晚时分，二人与韩国慰安妇问题对策协议会的成员们话别。

他们的日程还有一周，逐一不遗漏寻找散落在中国各地的慰安妇的实例。

和他们约定保持联系后，钟赫与春子踏上了前往上海的列车。

钟赫从怀里掏出什么东西，递给春子。在确认东西的瞬间，春子的眼睛亮了。

是木制烟袋锅子。

"你刚才要买的是这个吧？"

"是的。"

春子行了大礼，

"谢谢（日语）!"

把烟袋锅子紧紧握在胸口，春子反复说。她感谢钟赫出现在一群中国生意人敌视自己的当口，自己手足无措的时候，更加感谢钟赫购买了自己要买给爷爷的烟袋锅子。

"客气什么呀！是我抱歉。原想带着你到中国度过快乐的假期，没想到让你这么心累。"

钟赫从身后紧紧地搂住春子。春子也不在乎别人的目光了，紧紧地依偎在钟赫温暖的怀里。连日来，春子感受到了惊愕、负疚和莫名的悲伤。

就在这时，二人的手机响了。

是日本顶尖歌手中岛美嘉的《雪花》，是春子为钟赫准备的铃声。

人们的视线一起转向他们，虽说现在手机已经司空见惯，可是用日本音乐做铃声还是有些刺耳，大家看他们的眼神是不友好的。

钟赫赶忙接了电话，他的脸突然变得那么苍白。

打完电话后，钟赫茫然地开了口，

"对不起，春子，去不了上海了。"

"为什么（日语）?"

不知何时，钟赫已经泪流满面：

"奶奶去世了。"

……

哭春的猫

奶奶的骨灰如其生前所言，被埋葬在村子东边入口的大坟旁边。奶奶的妈妈老顺的骨灰也撒在坟旁。

证明奶奶讲述的如同地狱般的鹿沟惨案的坟墓如今被石头围起来，在坟墓前立着花岗岩标记"鹿沟惨案遗址"。

葬礼由钟赫的妈妈主持，她同村子里的人一起，折来金达莱花，盖在了坟墓上。

白白的骨灰上面，覆盖上了鲜红的金达莱。

奶奶和奶奶的妈妈如今又在被金达莱花覆盖的冥界相遇了。

她们会用浓重的方言，大声诉说着没说完的许多话。

鹿沟盛开着金达莱花。

漫山遍野的金达莱，可是，钟赫都来不及想这鲜红的金达莱如此美丽。

失去了奶奶，钟赫十分悲伤，他无暇顾及金达莱，何况，在大家都在忙着张罗丧事的时候，金达莱显得那么凄凉。

在城里的火葬场火化后，又重新捧着骨灰盒回到鹿沟，与村里的人一起祭祀，把奶奶的骨灰撒到村口，在返回来的车上，钟赫的妈妈始终沉浸在悲痛中。

钟赫和春子随行。

由于长期从事妇女工作，钟赫的妈妈非常干练，显得比实际年龄要年轻，可毕竟也年逾古稀了，身体有些吃不消了，悲伤不已。

"毕竟年逾九旬了，算是喜丧。"

"是啊，老人生前也没遭受过白眼，算是寿终正寝。可以说是喜丧。"

喝了小辈敬的祭酒，村子里的老年人互相说道。

钟赫的母亲悲伤地摇摇头，脸上流着泪，母亲给大家敬酒，小声说道：

"父母去世了，哪来什么喜丧啊！"

钟赫的妈妈一味地悲伤、内疚、心痛。

虽说村子里上了年纪的人给丧家说了安慰的话，但这对于钟赫的妈妈不起作用。她为奶奶一辈子那么坎坷而感到无比心痛和伤心。

给老人们敬酒后，钟赫的妈妈自己也喝了一杯。

酒很辣，食道火辣辣的，心也更痛了。钟赫的妈妈回过头去，哭出声来。钟赫靠过来，搂住了妈妈。靠在儿子宽阔的肩膀上，母亲更觉悲伤，哭声也更大了。

母亲的眼睛深陷进去，发出了呻吟：

"奶奶的尸骨是我入殓的，没想到，奶奶的胸脯下面有个巨大的伤疤，仔细一看，是字迹，奶奶那么瘦弱，可是，字迹还是留下了。是用日语刻成的。"

母亲边说边哆嗦，钟赫也感受到了。

坐在一边默默注视着他们的春子的脸也是阴沉的。春子也不自觉地成为他们家的一员，丧家所经历的疼痛和疲惫的表情也如实反映在春子的脸上。更何况，春子亲耳听到奶奶的证言，因此悲伤更加真切，更加沉重。

办完丧事返回家的途中，在车里，钟赫的妈妈也完全靠在了钟赫的身上，钟赫用宽阔的肩膀接纳了母亲。坐在副驾驶位置上的春子的眼神是不安的。

颠簸着，母亲突然睁开了眼睛，她突然像大梦初醒道：

"哎呀，猫……你看我这脑子。"

仿佛如梦初醒，钟赫也叫道：

"是啊，把猫给忘了。"

钟赫和春子小心翼翼地开了门。

轻轻地抬起门，推开门。因为年头太久，滑道不吻合的门"吱扭"一声开了。

这个门终于还是没修，奶奶就这样走了。拉门的声音就像悲伤的哀怨。

因为心痛，钟赫扶着门把手，愣在了那里。

感觉奶奶马上就会跑出来，欢快地说："哎呀，钟赫来了！"

钟赫一来，奶奶会端出用凉水洗过的刚从地里摘来的新鲜黄瓜，去参加村里的结婚典礼和花甲宴的时候，还会像变戏法似的，拿出带回来的小饼和糕点，看着孙子开心地吃，奶奶脸上的皱纹仿佛也舒展了。

但是不过几天，用嘶哑的嗓音欢迎钟赫的奶奶没了，屋子空了。

铺着黄色地板胶的炕，墙上还挂着放在镜框里的照片……

奶奶独自抚摸玩着的一盒画图还放在炕头上。

地上放着一双胶鞋，可是，胶鞋的主人已经不在了。一看到黑色胶鞋，春子的心都要碎了。

生锈的门发出了刺耳的声响，喵！猫哭了。

奶奶不在了，小猫还在守着家。

散落在各个角落里的小猫非常警觉。

钟赫搂过一只小花猫，抚摸着小猫的头。小猫立即顺从地扑向钟赫的怀里。

钟赫宠溺地看着一炕的小猫。

"对不起，我们差点忘了。奶奶那么喜欢小猫。"

钟赫在唠叨着什么，声音是湿润的。

春子也抱起了一只。和松山爷爷养着的名品小猫"日本造"相比，这些小猫太过平常了。但是，这些普通的农家小猫，给人以亲和力。

小猫的体温传到了身上，春子抚摸着小猫的毛。

"好在六只小猫都在。"

钟赫担心因为奶奶的葬礼，这些小猫是否会因为悲伤走丢，所以，他把屋子搜遍，查着小猫。

感觉到了人的声音和温度，小猫逐渐围拢到锅台周围。

"顺花、光玉、玉儿、英信、慧淑、小唐……"

钟赫从兜里掏出香肠，捏碎，递给了小猫。但是小猫没吃，只是盯着钟赫在看。

也有小猫趴在奶奶躺过的锅台，一动不动。

一刹那，春子哆嗦了一下。

什么东西掠过她的脑海。

也许是感受到了春子情感的变化，她抱着的小猫瞅了瞅她。

喵！

小猫张开嘴哭了。

因为无法直视小猫的眼睛，春子把眼睛挪开了。

春子念叨着：

"原来……小猫的名字都是……慰安妇的名字。"

钟赫点点头。可以看出，他的眼睛湿润了，因为镜片已经模糊不清了。

春子用手捂住了嘴，因为她实在无法控制自己的情绪。

抱着小猫，春子看了看衣橱。

衣橱里安放着奶奶的遗照。

奶奶穿着素服，戴着簪子，显得那么端庄美丽。

为了注册在民政局的奶奶的档案，妈妈执意为奶奶做了新的韩服，并且到照相馆照了这张相。

奶奶说照得真好，就放大了，挂在墙上。

没想到，这张照片成了奶奶的遗照，镶上了黑框。

春子的鼻子一酸，嘴唇抽动着，哭出声来。

冷不丁地，春子向着奶奶的遗像跪了下来。

她哭着说道：

"对不起，奶奶（日语）。"

黑白记忆

采访车转遍了小县城的各个角落。

寒假，钟赫是与韩国的慰安妇问题对策委员会的成员一起度过的，他参与了对留在中国的朝鲜人慰安妇的调查，并且毛遂自荐，担任了翻译。

春子回家探亲给钟赫留下了一个课题。

在夜以继日地准备毕业论文答辩的同时，他还给自己留了一个课题，那就是收集留在中国的慰安妇的相关资料。尽管学业繁忙，但是，钟赫还是与中国的慰安妇研究学者取得了联系，并且下载了相关的资料。

这一次，春子没有随行。

那个春天，探亲回到日本东京后，二人一起来到学校正门旁的"赤门"拉面馆。

因为钟赫在海外吃得不习惯，所以愿意光临拉面馆，这一次没想到一坐下春子就开了口，并且说的对于钟赫来说无疑是巨大的冲击。

"钟赫君！"

犹豫着，春子开了口。

钟赫在递给春子筷子，吃惊地看着春子。因为春子的表情太严肃了，主要是春子居然说的是朝鲜语。

春子说朝鲜语通常有两种情况，一是在恋人面前撒娇，证明自己的朝鲜语实力；二是不想外人听到他们的对话。

"我们分手吧！"

春子说。

钟赫什么也没说，把调料整齐地放到春子面前。

"我们分手吧！"

春子又说了一遍，一个字一个字，很清晰地说。

就在这时，拉面送上来了，热乎乎的面汤，还冒着热气，春子先停了下来。

"好吃（日语）。"

钟赫夸张地发出了感叹，开始吃面。

其实假期里，吃了很多想吃的家乡美味，可他还是有些想吃可口的"赤门拉面"。

春子默默地吃着面。

呼噜呼噜，出声吃着面的钟赫突然放下了碗，面还在嘴角，他就瞅着春子。

春子低着头吃面，眼泪一滴一滴地落到碗里。

"怎么了（日语）？"

钟赫问道。

"是不是哪儿不舒服？"

春子摇摇头。

"是不是我做错什么了？"

春子还是摇摇头。

春子水汪汪的大眼睛里充满了不安，而且不敢和钟赫直视。

春子抽出面巾纸，擦了擦嘴，接着说：

"其实，自从交了中国朝鲜族男朋友以后，就会想到南京大屠杀、慰安妇这些问题。其实，我咨询过专家，在慰安妇问题上日本为什么无法回避责任？日本政府和日本战后出生的一代该以何种方式负责？当然，这些钟赫君您都不知道。其实，对于在中韩日三国成为热点问题的这些问题，我从来没有想过，至少是在认识钟赫君之前……"

春子握着汤勺，接着说道：

"此行让我懂得我是在这一问题中无法自由存在的一员。"

春子一直在用朝鲜语说话。其他餐桌的恋人们在好奇地看着这对用外国话认真交谈的恋人。

"所以说，你的回答就是逃避？"

钟赫尽管极力装作平和，但还是很迫切地问道。

春子抬起了头，直视着钟赫。那种热切的，眼睛湿润着，钟赫似乎没看透眼神的含义，似乎又读懂了。

"日军慰安妇的孙子何必要和日本女人恋爱呢？……这可能吗？"

春子抛出了终极提问，然后站起了身，匆匆去买单，走路都有些跟跄了。

"怎么？要和男朋友分手？怎么是女人买单？"

胖胖的拉面馆老板没有眼力见，还在开玩笑。

春子怕别人看到她的眼泪，赶忙低下头，从皮包里往外掏钱，掏出了一张印有夏目漱石肖像的纸币，什么也没说，付了钱。

春子深深地弯下腰来，不知是给拉面馆老板鞠躬，还是给钟赫鞠躬，冲出了拉面馆。

钟赫希望春子带有酒窝的脸重新出现在拉面馆的窗户上。把脸紧紧贴在窗户上，像个玩偶猫一样，冲着钟赫摆手。但是，春子的脸却没有出现。

钟赫瞅着放在收银台旁边给人带来幸运的招财猫。

向着客人摇晃前腿，用蓄电池操作的玩偶猫今天停在了那里。

钟赫重新举起勺，又放下了。

因为面已经凉了。

钟赫和春子偶尔也会因为民族之间的文化差异而争吵，但仅限于敲边鼓。因为钟赫宠溺年轻漂亮的女朋友，避免尖锐的对话，照顾春子的感受。

有一次，二人因为安重根的话题，进行过严肃的对话。

钟赫翻看着由日本社会文学会在东京发行的文学期刊《社会文学》，用食指指着其中的一篇论文，朗声读了起来：

"反映在夏目漱石长篇小说《门》中的国家意识的阴影。"

春子不知所云，看着钟赫。

"文章分析认为，安重根义士刺杀伊藤博文的事件给夏目漱石的文学作品产生了巨大影响。"

钟赫用略微有些兴奋的语调说道：

"夏目漱石的《门》于1910年3月1日至6月12日在《朝日新闻》连载，当时正是安重根等待死刑执行的时候。众所周知，长篇小说《门》同《三四郎》《其后》一样，是夏目漱石的代表作。"

能看出钟赫对那篇论文很感兴趣，几乎倒背如流。

"小说以居住在东京的一对贫困的年轻夫妻的爱情为主，提出了个人的爱情与社会伦理问题。但是，更应引起关注的是，在小说的开头部分，有伊藤博文被刺事件。较为详细地描写了主人公夫妇就伊藤被刺理由等展开讨论的场面……小说刻画了被亲戚朋友抛弃的主人公在伊藤博文被刺的满洲彷徨的经历，评论家分析，这是象征着日本侵略的满洲与象征主人公不道德过去的满洲行重叠的故事。"

不等春子反应，钟赫继续说下去：

"也有评论家认为，小说中的任务安井的汉字标记有'安'字，主张小说中的任务安井就是'安重根'。这样看来，小说《门》里反映了军国主义抬头的日本明治政府的国家理念。一直以来，日本学界有意识地回避夏目漱石的作品与安重根义举的连贯性，但是近来，日本学者也开始承认这一点……"

"你怎么看，春子？"

钟赫看着春子，问道。

春子诚挚地说道：

"一提到历史问题，中国和日本、韩国和日本的关系就会变得很僵。虽说大家都在努力和睦相处，但是，要解决起来很难。我认为，过去的事情已经覆水难收，关键是今后将以什么方式收拾局面，如何正视并且谢罪。对不起，我们这一代人不太了解上一代人犯下的过错。

"只知道安重根是韩国人敬仰的英雄，夏目漱石是我们尊重的文学家。可能对于钟赫君来说，他们是伟人，但是对于我们来说，是学生。其实，我对于安重根想过很多，当我了解到他曾经梦想开设中日韩三国共同银行和共同军队，早在百余年前已经盼望东洋的和平，我很吃惊，为他是和平论者。有一次，班里的同学问我，你男朋友是怎么看待安重根的？也许在他们眼里，交了中国朝鲜族男朋友的我是'异端儿'。当时，我什么都没说，他们很生气，但也正因此，我读了更多有关安重根的书。"

春子的语调里有着因为结交了外国男朋友而成为"异端儿"的无奈与哀怨。钟赫只好打住谈得热烈的话题。

但是，这一次与那一次不同，听了奶奶泣血的证言，看了南京的慰安妇设施以及南京大屠杀纪念馆，钟赫和春子互相感受到了结冰之前的寒冷。从哆嗦开始传来的冰冷如今已经成为挡不住的气流，正在形成冰河，形成溪谷，隔开了二人。

烫手的山芋，一碰就要炸的话题，二人尽量避开，但也正因此，二人深陷在难过中。

将带泪的拉面作为最后的晚餐，春子中断了与钟赫的联系，既不接电话，也不看电子邮件。

几天后，春子的手机机主已经换成了别人。

轿车沿着狭窄的胡同七拐八拐，停在了一个简陋的土坯房前。

"这里石门子附近有日本军营，里面有慰安所。"

县妇联和民政局工作人员接待了他们，并且介绍了该地发现的慰安妇状况。钟赫又将这些话翻译给了韩国慰安妇对策问题协议会成员。

奶奶在证言中提到能记住"石"字，但想不起其他的字，钟赫想，会不会就是这儿。

在妇联办公室简单座谈后，一行人来到新发现的慰安妇奶奶住处。

穿过空荡荡的农家小院，一行人进入屋子里。

倒贴的"福"字一角已经掉了，打开房门，伴着一股煤烟味，污浊的空气扑面而来。

墙面连白灰都没刷，被烟熏得漆黑，还有耗子尿一样的痕迹。窗户很小，都蒙上了塑料布，所以尽管是大白天，屋子很暗。

里面盘的是汉族炕，在炕上盖着被子躺着的老人听到有人进屋，连忙坐了起来。

"这是李光玉奶奶。"

妇联干部边介绍奶奶，边坐在炕上，对着奶奶大声说道：

"韩国客人来了，来听您的故事。"

奶奶用双手捋着白发。

老人用双手摸索着墙，手拽开关绳，打开了灯。

在窗户的逆光下，本来依稀只能看到奶奶的轮廓，而在灯光下，看清楚奶奶的面庞后，钟赫的眼睛湿润了。

老人穿着没有纽扣的坎肩，而别在头发上的也不是什么簪子，而是用过的牙刷板。

奶奶露出满口熏得漆黑的牙龈，笑了。可是，接下来，大家都愣住了。

这倒不是因为奶奶的居住条件太过恶劣，也不是因为奶奶满口没有一颗牙。

"欢迎，欢迎！"

奶奶说着一口流利的汉语，一句朝鲜语不会说。

奶奶颤颤巍巍地握住了大家的手。

老人手上的骨头结突出，粗糙，仿佛在诉说老人一生的苦难。但是，尽管手上已经有了老年斑，但是却非常有力。奶奶依次握着大家的手，抚摸着，拍打着。

老人就像等着点名的小学生，听着妇联干部、慰安妇对策问题协议会负责人详细说明他们此行的意图。

老人家发出了咽唾沫的声响，而后开了口。

钟赫连摁照相机的快门都忘了，只是呆呆地看着老人。

听慰安妇对策委员会的人们说在黑龙江省东宁县发现了被推断为春子奶奶证言中的光玉后，钟赫自掏腰包，飞到中国，与大家会合。

光玉和奶奶是表姐妹，她是在转移慰安妇的过程中，趁着深夜从卡车上跳下逃到树林里的。

但是，这位老人连一句朝鲜语都不会说。这不免让大家怀疑她是不是朝鲜人慰安妇？

钟赫想起以色列民族在长期背井离乡、流离失所中，几乎忘掉了民族语言的实例。

大家认为，都过去八十多年了，忘掉母语，完全可以理解。一个人经历痛苦，在陌生和绝望的世界，没有遇到说同样语言的人，日久天长，也可以理解。

但是，怎么就能连一句都不会说了呢？钟赫有些遗憾。

老人用牙龈咬着嘴唇，不知该把枯树枝般的手放到哪里，她回忆起了从前，老人似乎是在专注地想着什么。

老人的脸盘一看就像典型的朝鲜族老奶奶，可是，一张口，却是浓重的东北方言，这一切让钟赫深受冲击。大家的眼眶都湿润了。也正因此，钟赫总是调不好焦距。

据老人陈述，其父母在可以清晰地见到朝鲜的河边开了一家旅店，十六岁那年，前去应聘日本人开的纺织厂女工，结果被拉到某个部队兵营，成了慰安妇。兵营里有口井，将死去的慰安妇尸体扔到那口井里。

无法忍受屈辱，趁着夜色跳下行驶的卡车，被日军开枪命中了肩膀。

老人毫不犹豫地在我们面前脱下了上衣。

就像被挖空的萝卜一样干瘪。

左边锁骨下深陷进去的是凝固的血，留下了又黑又圆的疤痕。

子弹深深地陷进老人的身体，下雨阴天，老人就会肩膀疼，二十年前因为老年病去医院，才发现身上有子弹，把子弹拿了出来。

奶奶的腰已经弯得不行了，她几乎是爬着，从朱红色的柜子里拿出一个信封，是 X 光片子。

妇联的干部在灯光下仔细看着 X 光片子。

我们的视线也都聚焦在 X 光片子上。

黑白片子记录了老人如同冬日枯树般的受伤的身体。

在片子中可以清晰地看到肩膀部位大拇指般大小的白色子弹。

"在一同被日军抓去的人中，有没有年龄相仿的表亲？"

钟赫问道。奶奶把手凑到耳朵上。妇联干部大声说道：

"奶奶，问您有没有表姐妹？"

这声音快像扩音器了。

"奶奶耳背。"

妇联干部可能觉得有些不好意思，和我们解释着。但是，那笑容里分明有着悲哀。

老人盯着钟赫在看，舞弄着嘴。能够看出奶奶想从如同黑白照片般模糊的记忆中复原完整的色彩。

钟赫拿出笔记本电脑，接上电源，点击了春子奶奶做证言的场面。

老人用牙龈咬着嘴唇，目不转睛地盯着视频里的春子奶奶。春子奶奶在唱歌。

这世上风波多患难疾苦多
我能够安心休憩的就是主　仁慈的主前

春子奶奶在唱着和张暮岁学到的赞颂歌。

李光玉老人的瞳孔在闪烁，老人的嘴唇动得更快了。突然之间，老人也跟着一起唱起了歌。

信主的兄弟姐妹尽管身子已经离开……

老人家拍着巴掌在唱歌。

在主的面前祈祷　让我们聚在一起……

无论是画面中的春子奶奶，还是在看画面的李光玉老人，都在拍着巴掌唱歌。

这世上风波多患难疾苦多

李光玉老人的脸色大变。

豆大的泪水顺着老人的脸颊流了下来。

奶奶举起手指，指向画面。

奶奶的手指甲已经磨掉了，只剩下肉了，颤颤巍巍。

老人在强忍着涌上心头的悲伤，就像被火燎着一样，撕心裂肺地喊道：

"春子！春子呀！"

……

结实的烟袋锅子

茶壶在冒着热气。

跪在茶几前，春子呆呆地看着茶壶。

茶几下蜷缩着几只小猫，一动不动，就如同进入到浮世绘中。

用茶勺舀了茶叶，放到茶壶里。

盼着茶叶重新泡起来。

抱过躺在脚边的一只猫，抚摸着头。

看着爷爷的小猫，春子想起了另一些小猫。

同时，想起了那些小猫的名字。

顺花、光玉、玉儿、英信、慧淑、小唐……

春子也为自己能够如此清晰地记起这些名字而吃惊。

打开手机，翻看 KAKAOTOC（韩国推出的一款聊天工具，类似于中国的微信）。

钟赫又发来了信息。

自从在拉面馆宣布绝交后，钟赫三番五次找到宿舍，同时也打来无数次电话，但是春子始终置之不理。

春子也知道，现在是钟赫最难，理应与其分担痛苦的时候。但是，一想到压在钟赫肩上的压力的根源在于自己，春子就难掩自责和愧疚。

后来，二人在双方第一次见面的夏目漱石小说中出现的"三四郎"莲花池不期而遇。钟赫的眼窝已经深陷进去，在这儿已经等春子有几天了。

春子再一次拒绝了钟赫。

"日军慰安妇的后人与日本女人相爱……这可能吗？"

春子重复着，有点自问自答的意思。

"绝对不可能（日语）。"

紧随其后的钟赫停下了脚步。

"我会等，等你回心转意，永远！"

身后传来了钟赫的叫声。

当钟赫的脚步真正停下来的那一瞬间，春子感到自己的心跳也静止了。怕被人看见眼泪，春子匆匆出了校园。

此后，春子一心扑在了学业上。钟赫似乎也死心了，杳无音信。这一天，钟赫在 KAKAOTOC 上留了信息。

"据说新发现了夏目漱石的俳句。据说夏目漱石在担任熊本高等学校教师时，给原单位爱媛县寻常中学同事的俳句在其同事亲戚家里得到发现……寻常中学也出现在夏目漱石的代表作《少爷》里，据说是附加在给寻常中学文学教师猪饲健彦的信中的，夏目漱石在搬家的时候，给猪饲健彦写信，随信附上了用心写就的俳句，夏目漱石果然是暖男。"

钟赫很愿意谈论自己的研究领域。并且在留下的信息中说，自己对春子想念至极的时候，也会寄来俳句。

俳句是日本古典短诗，由十七字音组成，源于日本的连歌及俳谐两种诗歌形式，俳句是一种有特定格式的诗歌，需要一触即发。

据推算，从几百年前至今，在日本写俳句的作家就有百万人左右。时至今日，俳句已不仅仅是日本的文学体裁，在欧美，也涌现出许多用自己的母语写俳句的作家。

从那一天开始，钟赫几乎每天都发来俳句。

如果看到蝴蝶，就会发来荒木田守武的俳句。

　　岸湾似螓首，翠柳若娥眉。
　　娇蝶翩翩舞，落花疑返枝。

电闪雷鸣降雨天，钟赫就发来松尾芭蕉的俳句。

　　春雨芳草径，飞蓬正茂时。

满月夜，又会寄来山崎宗鉴的俳句。

　　良月若安柄，绝似佳团扇。

季节更替的时候，又会发来松永贞德、小林一茶以及松尾芭蕉的俳句。

　　今朝又时雨，还同春夏秋。
　　诸君归去来兮，江户乘凉亦难。
　　树下汤食上，飘落樱之瓣。

因为一位慰安妇奶奶的去世，又发来了夏目漱石的俳句。

　　为亡者祷告的间歇，传来了蛐蛐的哭声。

春去春又回，又发来了松尾芭蕉的俳句。

雪融艳一点，当归淡紫芽。

俳句虽然是短诗，但是可以表达心境。钟赫每天都在向春子表达着自己的心情。

水开了，给茶杯里倒了开水。

房间里茶香氤氲，爷爷发出了"嗯"的声音，爷爷的八字胡动了一下。

一只猫直起身子，靠近爷爷。春子赶紧抱起了小猫：

"不行，小猫，爷爷不舒服！"

抚摸着小猫的头，春子担心地看着爷爷。

几个月前，爷爷中风病倒。

胃口好，谈笑风生的爷爷如今动不了了。

说话也变得呜噜呜噜。

爷爷一直以来有着与年龄不符的威风，可是如今，只剩下皮包骨了。个头也缩了，原本就有些古怪的性格变得更加敏感，动不动就破口大骂，指桑骂槐。

春子打开了茶壶的盖子。

用布手绢包着盖，开始倒茶。

在等待茶凉的间歇，春子去拿来了酸奶上的吸管和茶杯，跪着来到爷爷跟前。

将吸管放到茶杯里，把凉了的茶水送到爷爷嘴里。春子的妈妈嘱咐过春子，因为爷爷的嘴都干了，要经常喂凉了的茶水。

爷爷举起手，不住地摇晃。

因为爷爷的拒绝太过强烈，春子才发现今天煮的是"普洱茶"。

春子几次三番想喂爷爷中国茶喝，可是，爷爷都给吐了出来。

虽说爷爷的意识已经有些模糊，可是，爷爷的拒绝是坚定的。

"其实，茶是中国的神农氏发现的，而后传到了日本。这个记录在中国唐朝人陆羽编的《茶经》里。人类最早品茶的人是五千年前的神农氏炎帝……你说不是吗，学过茶道的小姐?"

第一次和爷爷不期而至时，听春子说爷爷不喝中国的普洱茶，钟赫说道。

钟赫也好，春子也好，都不理解爷爷为什么排斥中国产品。

"爷爷，茶都喝没了，您喜欢的'玉露'，晚上妈妈会带过来。"

不知为什么，爷爷能猜出是"普洱茶"。即便宣传这是清乾隆皇帝喜好喝的茶，对哮喘有好处，老爷子就是拒绝中国茶。

爷爷就喝日本茶"玉露"。其实，从现在爷爷的身体状况来说，能不能品出茶香都是个事儿。

爷爷固执地摇摇头，看着爷爷，春子突然想起钟赫给她讲的成语"漱石枕流"的故事：

《晋书》孙楚传：孙楚太原中都（今山西平遥西北）人。史称其"才藻卓绝，爽迈不群"，多所陵傲，故缺乡曲之誉。楚少欲隐居，谓王济道："吾欲漱石、枕流。"济笑道："流非可枕；石非可漱。"楚道："枕流欲洗其耳；漱石欲厉其齿。"年四十余，始以著作郎参镇东军事。

漱石枕流是指，为了避免一刹那的失误，要勉强通过，但却因此暴露了内在的属性，是劝人知错就改，求得原谅的意思。

钟赫说也是因为研究夏目漱石，知道了这一成语。夏目漱石原名夏目金之助，了解"漱石枕流"的典故后，更名为夏目漱石。

如果说夏目漱石是因为反叛复杂的家庭，反抗世界，改了名字，那么，爷爷真是不亚于王济的老顽固。

听说春子和钟赫一起去了中国，爷爷从道后温泉坐了末班车，来到了东京。

听了孙女在中国的经历，爷爷的脸变得铁青。

"你疯了？你知道那是哪里，就跟着支那人去了？傻丫头（日语）！"

张口闭口就叫春子"温泉公主"的爷爷改口叫她"傻丫头"。

爷爷这是第一次骂孙女，春子也是第一次顶撞爷爷。春子大声说着慰安妇和南京大屠杀以及日本对亚洲人民犯下的滔天罪行。

爷爷好像不认识似的看着春子。他的声音带着痰：

"我们是肩负东洋和平的任务出征的。那时我还没你现在大……现在，已经没人像我们那样为国家牺牲了。"

春子接着说：

"难道说抓了年轻的良家妇女做随军慰安妇，残杀无辜之人，就是为了东洋和平？"春子瞪着大眼问道，这也是她最想问的。

"不许胡说（日语）！"

爷爷举起身旁的拐杖，"当！"的一声，拍了下去！

"书上那么说，你就那么接受了？是非不分的傻丫头！"

爷爷的八字胡在不停地抖动。爷爷拄着拐杖，直起了身。

"我要回去了！"

春子的母亲慌忙站起来，拦住了爷爷。

"这都大半夜了，您是要上哪儿呀？"

"起来！"

站在玄关，爷爷用双手支着拐杖，说道：

"我们打的是为了将东亚10亿民族从盎格鲁撒克逊的手里解放出来，为了建设没有恩怨，共存共荣的大东亚共荣圈而进行的圣战。在那场圣战中，我们奉献了青春和热血。我永远不会忘记那个时候。作为男儿，也从没有像那个时候那么深刻地领悟到生的真正含义。"

爷爷自言自语，推上拉门，走了出去。

"父亲！"

母亲光着脚追了出去。

爷爷和孙女的舌战爆发几天后，爷爷中风病倒。

爷爷的嘴角皱纹密布，像空洞。春子给爷爷嘴里塞了吸管，让爷爷喝凉了的"普洱茶"，爷爷连连摇头。

爷爷连同吸管，吐出了茶。

爷爷的下巴和脖子上粘的都是茶水。

爷爷想用右手大拇指捋一捋八字胡，可是，弯曲的手已经不听使唤了。这是爷爷想表达庄重，是爷爷的一种习惯，可是连这么细小的动作，爷爷也已经无法完成了。

春子用干净的手绢给爷爷擦嘴，再次想起了成语"漱石枕流"。

爷爷的枕头下放着烟袋锅子。

这个木制烟袋锅子看起来有些像小锤子。

烟袋锅子在"老烟枪"的手里已经磨得快像骨头了。烟袋锅子上的字迹已经有些看不清了，是两个字，一个像"金"字，另一个少了笔画，看不清楚。虽说奉医嘱，勉强戒了烟，但是，爷爷会习惯性地经常叨着空的烟袋锅子，难忍烟瘾，爷爷会猛吸空的烟袋锅子。

"爷爷，烟袋锅子上写的什么呀？"

每每这样问的时候，爷爷就会说："那个烟袋锅子比你还年长，不，比你妈妈的年龄还大。"爷爷总是这样答非所问……

春子从包里拿出了别的烟袋锅子，是在中国买的要送爷爷的礼物。

春子把自己买的烟袋锅子和爷爷的烟袋锅子进行了比较。

都是木制的，就像是在一家买的，一模一样。一个被爷爷用得已经如同骨头般光滑，另一个自从制成后未经爱烟者的手，可以清晰地看出木制的特征。烟袋锅子上的字迹也像刚刚涂上，很清晰。

爷爷的烟袋锅子上除了"金"字以外，因为少了笔画看不清的那个字是"陵"字，两个字加起来就是"金陵"。

"您知道为什么管南京叫金陵吗？金陵这一名称源于位于东面的钟山。钟山原为金陵山，是战国时代楚威王打败越国的地方，有着帝王之气，所以用金子制成玩偶，压制王气。"

春子想起了她和钟赫上南京时，在南京大学从事慰安妇研究的张教授给讲的故事。

春子用双手握着烟袋锅子，终于开了口：

"我听父亲说过您年幼就参军入伍，到战场，您的烟袋锅子应该是战利品吧？"

爷爷踉跄着，把身子转了过来。嘴角外斜，目光空洞，看着春子。

那不是爷爷对孙女宠溺的眼神，而是仿佛看到妖精的可怕的眼神。

春子垂下了眼。她像是在小心翼翼地摆弄爆炸物，但终究还是动了弦。

"爷爷，您去的地方是中国。"

春子艰难地吐出了这句话，自己都能够感觉得到声音的颤抖。

"嗯。"

爷爷发出了呻吟。

并且向春子伸出了手，他想抢过烟袋锅子。爷爷的手已经枯瘦如柴，春子很心疼，把烟袋锅子递给了爷爷。

哐啷啷，爷爷好不容易握着的烟袋锅子掉到了地下。

爷爷又冲着春子伸出了手。春子把烟袋锅子捡了起来。爷爷颤颤巍巍地，把烟袋锅子叼上。

春子犹豫了一下，但还是小声问道：

"南京……您也去了吧？"

爷爷的下巴在不停地抖动。

嗒嗒嗒。

传来了义齿与烟袋锅子碰撞的声音。

这声音就像是知道寒冬到来的啄木鸟啄树皮的声音，让春子全身发颤。

当啷，烟袋锅子从爷爷的嘴里掉了出来。爷爷用弯曲的手在地面寻找，就如同掉到水里的人在来回摸索。

这样的爷爷对于春子来说很陌生。春子突然感到了一种异质感，猛地站了起来。

喵，小猫被春子绊了一下，发出了尖厉的叫声。

"妈妈会来接班的。"

春子就像被什么东西撵着跑了出去，但是在拉门前停下了。因为传来了爷爷的声音。她原以为爷爷会叫她，但是仔细听，却不是。

是歌声。

爷爷在唱歌。爷爷呜噜着，在唱歌。

春子感到如同被海啸袭击过，浑身战栗。

春子熟悉这个曲调，不，应该说她觉得自己熟悉。

城墙用铁制成　擅攻能防
矗立的城墙守护冉冉升起的皇国各地

春子就像被鞭子抽打，用双臂抱住了肩膀。春子像看怪物似的看着躺在榻榻米上的爷爷和蜷缩在其身边的小猫。

顺花、光玉、玉儿、英信、慧淑、小唐……

小猫的名字又像冤魂的名字一样浮现在眼前。

歌声的发音不清晰，断断续续，歌声如同多足类虫子，慢慢地冒出来，在榻榻米慢慢蠕动，最后缠住了春子的脚。

春子感到浑身发冷。

我们的时间

钟赫从松山乘坐电车到了目的地。

刚下车，一列小火车就驶过眼前，这就是有名的少爷列车。

钟赫这是时隔很久来到道后温泉。

夏目漱石说过，"这里哪儿都赶不上东京的一个脚指头，可是只有温泉是闻名的"。这里的温泉有着三千年历史，吸引天皇来过，诗人、画家也纷至沓来，钟赫此次也是特地来看温泉。

上一次，钟赫还是和春子一起来的，可是这次却是自己。钟赫不免叹了一口气。

来道后的时候，早晨又接到一位慰安妇奶奶去世的消息。

……日军慰安妇、八十三岁高龄的金燕姬奶奶去世了。至此，注册在日军慰安妇、受害者238人中，幸存者减少到49人。

韩国精神大学问题对策协议会在脸书官方网站上说，金奶奶于晚十点左右去世。

金奶奶上小学五年级的时候，即1944年，被日本人校长蒙骗，去了日本。

后经日本下关，在富山县的航空器配件厂工作了九个月左右，而后又被拉到青森县慰安所，被迫当了大约七个月的慰安妇。

因为在慰安所留下的后遗症，金奶奶还曾在精神病院接受治疗，并且终生未婚……

通过网络听到慰安妇去世的消息，钟赫就像当初听到自己的奶奶去世一样难过，锥心地痛。

又想起了几个月前在黑龙江省确认的光玉奶奶。

当时，实在不忍告诉老人春子奶奶去世的消息。光玉奶奶独自一人揣着无法诉说的痛苦生活，晚年也穷困潦倒，令人伤感。虽说自己答应老人一定会再来看她，可是，脚步是沉重的。找到当地民政局，再三拜托他们能够关照老人。在回来的路上，钟赫突然联想到了春子奶奶波澜起伏的一生。

虽说钟赫和春子奶奶没有血缘关系，但是自幼却非常亲。

春子奶奶风尘仆仆重新回到故乡的时候，村子里的人都在议论她成了日本人的玩偶，和中国人一起过了。

在前所未有的南京大屠杀结束后的南京大街，在死人堆里不知所措的春子面前，突然出现了来自东北的做貂皮生意的中国人王海。王海做貂皮生意来到南京，没承想，遭遇了地狱般的杀戮现场，用卖貂皮的全部所得，换来藏在一妓院两个月左右，侥幸活命。由于王海见过勤劳开垦的朝鲜人，所以决定帮助春子。

王海还说，在血腥杀戮过后的地方，东北老乡能够活着相遇就是缘分，春子就像被激流推着，抓到了救命稻草的感觉。

原以为做貂皮生意，家境殷实，没想到真正跟去一看，是东北的一个偏僻山村。春子在那里种了八年玉米。丈夫不时会卷起貂皮上外地去卖像是要赚大钱的架势，可是，真正赚回来的往往没有多少，很难摆脱贫困。

春子的婆婆操着浓重的东北方言，春子没少受气。看到四十出头的儿子领着媳妇出现，婆婆在开心的同时，又在想"怎么是朝鲜人呢？"抽着大烟袋，吐着烟圈，也吐着不满。

婆婆抽旱烟，骂人也狠，能骂你祖宗八辈儿。这些咒骂对于春子来说就像暴风骤雨。但是，一想到王海救了自己，春子决定忍受一切。

春子想过离家出走，婆婆把她打得额头都破了。王海，尤其是婆婆，不会放过她。有一次，春子又连夜逃走，王海追到了火车站，放她走。八年了，春子没有生育，王海和他的妈妈都在考虑续弦。

在慰安妇的无间道生活中，春子奶奶侥幸活了下来，可是由于饱受蹂躏，奶奶无法生育了。

就这样，春子时隔八年多后，回到了故乡。离家的时候怀抱梦想，回家的时候，梦碎了，千疮百孔地回来了。

日本投降了，家乡充满着光复的喜悦，可是，大家对待春子的眼神却是冷冷的。

母亲原本就木讷寡言，对于八年多后出现的女儿，母亲一副不认识的模样。母亲呆呆地盯着春子，一句招呼也没打，递过一把菜刀。

春子满脸是泪，不明所以，母亲冲着春子说道：

"你出去自己抹脖子，要是不愿意抹脖子，就赶紧去挖野菜，别傻站着……"

没想到会受到这种冷遇，春子赶紧出了门，又回头看了看，母亲在用脏兮兮的裙角擦眼泪，被春子发现后，母亲又装作握紧拳头，冲着天的架势。

故乡总是盛开着漫山遍野的金达莱。

又看到了村子入口的坟墓，被金达莱覆盖。远远望去，就像巨大的花圈。

离这座坟不远的地方又有了一座坟，春子举着带泥的菜刀，愣在那里。

离张牧师坟不远的地方又有了一座新坟，在表达着火红、遗憾、哀怨的金达莱花之间，刚刚磕完头，直起腰来的人看到春子，愣了。

是张暮岁。

鼻梁上戴着眼镜，人还是那么整洁干净。穿着黑色教会服装，扣子系到了最上面。

二人的目光相遇了。

春光明媚，温暖人心。阳光仿佛会点穴，二人一动不动，也不说话，就那么注视着对方。

一个看起来有六七岁的小女孩拽着张暮岁的一角，用水汪汪的大眼睛看着春子。

时隔八年，从南京回到故乡，已是物是人非，张暮岁已经成家，可是唱诗班成员的妻子得了产后风去世了，张暮岁将其埋在了故乡的山坡上，独自一人抚养女儿。

看到时隔数年后出现的春子，张暮岁吃惊不已。从春子哀怨、悔恨、欲说还休的脸上，张暮岁明白了一切。

张暮岁决定接纳春子，也给女儿母爱。

但是，春子无法忘记疼痛，她决绝地拒绝了自己曾经那么倾慕的张暮岁的求婚。又过了几年，春子终于被张暮岁感动，接纳了他。

十年动乱中，春子被扣上"日本人的破鞋""耶稣徒"的罪名，扣上帽子、挎着破鞋，游街示众，二人再度经历了屈辱。二人一直相互扶持，和和睦睦生活到了 20 世纪 80 年代，直到张暮岁爷爷因脑出血去世。

这一次，钟赫才通过确认奶奶的慰安妇身份，了解到这种家族关系……

这里的房屋古色古香，房顶清一色是玉色，钟赫独自穿行在其中。

"据说一只受伤的白鹭把脚泡在岩石缝里流出来的温泉水中，伤就痊愈了。因此，温泉开始受到世人的青睐。"

撩动草叶的声音似乎传来，原来是幻听，钟赫实在太想春子了。

今朝又时雨，还同春夏秋。

因为思念过度，钟赫朗读了松尾芭蕉的一段俳句。

夏目漱石的城市——松山
"日本的莎士比亚"——夏目漱石

为了纪念国民作家逝世一百周年，建筑物和行道树上都悬挂了横幅。

因为是夏目漱石逝世一百周年纪念活动，因此也吸引了很多外国游客。钟赫没想到这么多游客来到这个小温泉，都是冲着夏目漱石来的。

夏目漱石的作品不断对自我整体性提问，表现了人类的普遍感性，其作品不仅受到当时读者的欢迎，而且也受到当代读者的喜爱，历经岁月的考验，散发着无限魅力。夏目漱石作为日本的知识分子，是主张近代化、西方化，强烈批判明治维新时代日本界限的觉醒的知识分子的典范。

胡同里土产品店、餐饮店、海鲜料理店、乌冬面馆、工艺品商家，应有尽有，钟赫漫步其中。

在狭窄的胡同里，身着印有温泉标志运动服的人力车夫连连喊"对不起，让一让"，载着客人穿行，在餐饮摊前，品尝"少爷面团"的游客垂涎三尺。

钟赫不禁想起了自己和春子吃夏目漱石小说主人公喜欢吃的"少爷面团"的情形。

脑海里浮现出春子咯咯笑着、甜甜的酒窝深深陷进去的情景。

当时，真是感觉全身都是甜的，当时……

钟赫终于在少爷钟塔的地方停下了脚步。

这是夏目漱石小说《少爷》中出现过的钟塔……

一到整点，钟塔里就会接连冒出夏目漱石小说主人公的玩偶，因此，钟塔前聚拢了很多人。据说这个精巧的钟塔斥资 10 亿韩币制作而成，已经同道后温泉一样，成为松山的知名景点，随着夏目漱石逝世一百周年，更加闻名于世，吸引了更多游客。

钟塔周围有很多装扮成夏目漱石小说主人公的旅游模特，打着有花纹的日本传统雨伞穿梭其中。来自世界各地的游客们以钟塔为背景，忙着与旅游模特合影拍照。其中，尤以中国游客居多，随处传来熟悉的汉语。

人们都在焦急地看着手机和手表，等待着钟塔中"少爷"人物登场的时间。

钟赫也在不时地看着手机，不时地抬头看着"少爷"钟塔。

也许因为人们着急，指向整点的钟塔的表针走得比任何时候都慢。

钟赫从包里拿出自拍杆。因为是独自一人，所以只好将自己和景物自拍下来。虽说拿出了升级的新型的手机器具，可是钟赫却开心不起来。只能使用自拍杆，这种独自一人的空虚感扫了游览名胜的雅兴。

他决定像其他人一样，和精心打扮的旅游模特合个影。因为游客蜂拥而至，旅游模特们不得空闲，得不停地向人们报以灿烂的微笑。但是，这些被选中的模特因为可以宣传家乡的旅游名胜，都不厌其烦。她们穿着传统服饰，发型也是精心打理过的，甜甜地笑着，令人想起日本的传统木刻玩偶小芥子。

总算轮到钟赫了，他走到其中的一位模特前面，小姐头顶的版画是葛饰北斋的《神奈川海边大浪下》中的雨伞。

"可以一起照张相吗？"

"好，非常愿意！"

模特关了阳伞，露出了面庞。

一刹那，钟赫手上的自拍杆掉了。

钟赫心中涌起的是比《神奈川海边大浪下》更大的波浪。

撑着《神奈川海边大浪下》洋伞，穿着樱花纹路服饰的美丽模特正是……春子。

春子也是为了夏目漱石逝世一百周年来到故乡，毛遂自荐成了旅游模特。

"春子？"

"钟赫君！"

时间仿佛静止了。

少爷列车仿佛停下来了，游客们乘坐的人力车繁忙的脚步也视而不见了，商家橱窗里的风景也仿佛不见了，画有夏目漱石肖像的横幅仿佛静止了，乌冬面馆家收银台上的招财猫的手势似乎也停了，模特小姐们撑着的花洋伞也不转了，露天足浴池里哗哗流淌着的水珠仿佛也停了。

春子满含眼泪，"少爷"钟塔映照在其水汪汪的大眼睛中间。

钟赫走过去，替春子擦掉了眼泪，春子扔掉阳伞，扑到了钟赫的怀里。钟赫紧紧地搂住了春子的肩膀。

身旁响起了喝彩声，还有口哨声。游客们在为二人破镜重圆送上了祝福。

当！

钟声想起来了。

钟声响彻广场，人们发出了欢呼声，纷纷聚拢过来。

"少爷"钟塔在向着整点挺进。

兴奋的游客们开始大声地进行倒计时：

"9——8——7——6……"

钟赫和春子也加入到欢乐的人群中：

"4——3——2——1"

新的时间开启了。

……

（完）

解说

为了消除对象化和边缘化装置的钥匙
——从社会性别视点来阅读金革的
长篇小说《春子的南京》

筱村理惠

引 言

首先，让我们来了解一下社会性别（gender）的概念，有必要弄清楚这一概念。因为，近来屡有歪曲这一概念的现象出现。

这里所说的社会性别是指"社会上、文化上形成的性差异"，即从社会、文化层面看到的男性和女性的差别。出于男性和女性生理差别，暂且不论它是先天形成的还是后天形成的。gender只是区别，不是差别。在岁月的长河中，在儒教家长制下，在传统的文化环境中形成了男性性和女性性，但的确并不一定单纯地指性的作用。正如西蒙·德·波伏娃将女性说成"第二性"那样，女性在家庭和社会中地位低下，因此，女性文化（包括精神文化和物质文化）受到歧视和无视。其女性性（女性文化）到了近代，被家庭学者和人类学者、民俗学者"发现"，被赋予价值，得到了正当化。换言之，反制度的、反文化的得到正当化，成为价值判断的标准。因此，家庭学者们出于这一视点看待作品，尤其是谈论男性作家作品的时候，往往给予辛辣的批判和揶揄。

我不是家庭学者，但是承认大部分的gender理论。如果承认男性性和女性性的差别，围绕一部作品，就会出现违背作家的意图，作者和读者之间，以及读者之间会因为性别差异产生冲突。但是，这种冲突终究也是归结于作品本身，因为冲突，作品的世界反而会更加广阔。我想，作者金革给我看这部作品的时候，是否也考虑到了这一点。因为作品涉及的问题的确是个问题，所以不得不慎重。尽管在现实中，我也想过"日军慰安妇"这一问题，但是从未认真想过如何看待叙述"日军慰安妇"问题的小说？尽管不是家庭学者，但是作为女性读者，该如何接受？又能否接受？

在现实中，"日军慰安妇"是追究战争责任，展现战争残酷性的活的证明，是强有力的历史资料，她们是遭受统治阶级暴力和侵略者滔天罪行、被剥夺人权和女性权的受害者中最大的受害者。在揭露暴力和罪行，传递痛苦与悲哀方面，还有比实物和言辞更加有力，更具感召力的表现吗？将明明白白的实际事实用虚构来表现，旨在将现实引入意识领域，则会挖掘出更加本质的东西。作者想给读者展现什么？又想提出什么问题呢？在小说这一文学体裁中，作者是如何解除种种对象化、边缘化的装置呢？

实像与虚像的捉迷藏

首先，作者是如何设置虚构的？不，应该说是如何用虚构这一线，串起事实这一珠子的？

小说在《少爷》钟塔前开始，又在《少爷》钟塔前结束。这往往是资深小说家的第一个打法。

痴迷于夏目漱石小说的朝鲜族青年钟赫与对钟赫一见钟情的春子想共度时光。青年男女的这种行为象征着要一起度过未来。但是，他们的面前有一个障碍，那就是春子的爷爷。继春子的爷爷之后，又出现了钟赫的奶奶，乃至历史阻挡在了他们面前。他们能够战胜这一切，缔结姻缘吗？这是影视剧和小说中常见的美丽爱情的套路，罗密欧与朱丽叶的爱情套路。这一爱情线是引导小说的主线。在故事情节过于老套的时候，往往说明作者的着重点并不在此。

小说中烘托虚构氛围的人物形象是春子的"爷爷"。其他的人物形象可以以实际存在的人物为模特，可是唯独"爷爷"是文学中罕见的形象。这是小说第二个特点。

"上翘的八字胡"，"如同守护寺庙的门神"八字眉，"穿着厚重的和服"，举起拐杖的"爷爷"分明是日本江户末期和明治时代常见的人物。既像传说中的人物，又有些与夏目漱石相似。就如同如今一千元日元已不再是夏目漱石的肖像，这是在日本很难见到的形象。这样的"爷爷"实际上是去过南京的日军，即加害者。可以把"爷爷"的形象视为既有日本传说中的勇猛武士，也有着近代文学史上的大文豪以及十恶不赦的战犯等多种人物。这是日本具有的多种面庞重叠的象征性的人物。

第三个是名字的一致。

춘자和はるこ分别为朝鲜语和日语的"春子"，尽管发音不同，但是汉字标记是一致的，就是春天的"春"字加子女的"子"字，表明是春天出生的孩子。在近代彦文一致运动之前，朝鲜和日本均将汉文视为正统文，美文。虽说到了近代，朝鲜民族已经基本上不用汉字，但还是会用汉字起名字。

춘자的春天是疼痛、悲伤、饥馑、死亡的季节。而はるこ看似衣食无忧，但是却有精神苦恼。춘자和はるこ一直以自身为原点，生活在自己的圈子里。如果说没有钟赫和はるこ的相遇，两个圆就永远也不会交集。小说表面上看似通过钟赫，两个圆偶然相交，实

则暗示这是必然的。两个圆的相交早在춘자和はるこ出生之前，在远古，就一定约定好了。二者必须相交，这是宿命。因此，必然会超越时空，在南京相遇。

第四个特点在于"춘자的南京"和"はるこ的南京"。

可以说上述特点都是围着第四个特点准备的。暑假，はるこ同钟赫跟随韩国"慰安妇问题对策协议会"成员一起去了南京，但却实在没有勇气进入到"侵华日军南京大屠杀遇难同胞纪念馆"。はるこ没有勇气直面"爷爷"犯下的滔天罪行，无法直面在暴行下死去的人们。在旧货市场受到买卖人轻蔑和侮辱的はるこ又一跃从加害者的孙女变成了受害者。真正让はるこ成为受害者的元凶就是"爷爷"。在这里，춘자和はるこ完全重叠。加害者"爷爷"所犯下的滔天罪行不仅影响到同时代춘자等异民族女性，甚至在时隔七十年后的今天，还在影响着其骨肉。

受篇幅所限，很难一一谈论作者在小说细节方面的创作特色。笔者认为，进行了如此解释，读者应该明白了作者的创作意图。依靠上述虚构所塑造的全部为虚像（现实中不存在的人物和事件）。但是如果没有这一虚像，就无法展现实像（现实中存在的人物和事件以及事物的本质）。至于这个究竟是什么？笔者稍后会做解答。

但是，如果把这部小说单纯地视为虚构，又有着太多的实像。从鹿沟惨案开始到"上南军部慰安所""上北军部慰安所""日军慰安妇"南京大屠杀"慰安妇问题对策协议会""侵华日军南京大屠杀遇难同胞纪念馆"全部实际存在。在涉及这些事实的时候，作者主要运用了两种方法：

一是真实的描写。继 18 世纪中叶始于英国的写实主义思潮后，自然主义思潮又风靡全球，写实主义的摹写是如实描绘现实。通常是作者自身的经验和人生。小说《春子的南京》的写实描写却并非作者自身的经验。由于描写得太过生动，令人惶惑，小说中的"写实描写"不同于写实主义。

另一个是虚构化。从鹿沟惨案到"日军慰安妇"事件、南京大屠杀，实际事实通过춘자这一人物形象串在一起，又与钟赫和はるこ的爱情故事相交。不仅是实际事实，就连在黑龙江省东宁县发现的受害者奶奶等实际存在的朝鲜人和中国人受害者也串成了一条线。

如果认为小说中描绘的实际存在的人物和事件是实像，却又是无法把握的虚像。作者在用实像和虚像玩捉迷藏。作者将现实进行了虚构，使形而下学变成了形而上学，从物理领域延伸到了意识领域。所以，才能将现实中不可能发生的现象，即无法用实像表现的现象通过虚像来表现。把慰安妇不一样的痛苦集结到춘자这一形象中，以表现受害者所受的伤痛的深度。与此同时，はるこ的"爷爷"这一形象又与引发鹿沟惨案的日军，实施南京大屠杀的日军，凌辱춘자身心的日军的丑陋形象重叠。

但这还不是全部。作者并没有将其塑造成毫无人性的恶魔，而是塑造成一个普通人。他性格古怪，却喜爱小猫，爱护孙女，富有人情味。这就是作者脑海中的，也是许多人脑海中的"受害者形象"与"加害者形象"，即意识中的实像。

小说中，はるこ的"爷爷"终于没有赎罪，而춘자也终于没有原谅，告别人世。但是，正如춘자和はるこ的相交，加害和受害，宿醉和宽恕不是两个事物的两个问题，而是一个事物里的一个问题。无论是钟赫还是はるこ，这都是无法回避的问题。对于这些，钟赫似乎想大包大揽，这是钟赫（同时也是作者）辩证法哲学观的体现。钟赫想抓住要临阵脱逃的はるこ，终于又一起站到了"少爷"钟塔前。钟赫这是基于存在主义思想的，主动和负责的行为。这同样也是作者给读者提出的问题。

客体化与边缘化的坚固装置

为了掩盖对"日军慰安妇"的性暴力和南京大屠杀等滔天罪行，日本右翼想方设法销毁相关证明材料，甚至还否认事件本身，但是铁证如山，他们再也无法否认。不能否认，他们又开始找别的借口，说什么当时南京的人口不过30万，如何能屠杀30万？想在数字上耍花招。还说什么不只日军有慰安妇，美军也有，韩国军队也有，想找个垫背的，减轻羞耻感。与其自己倒霉，不如找个垫背的，简直是比小学生还幼稚的想法。原大阪市市长桥本彻殿几年前说了这样的话，引起了世人的关注。这表明对"慰安妇"问题的本质缺乏认识，认识错误，态度不端正。

要想了解"慰安妇"问题的本质，就有必要了解其发源。用一句话来说就是将满足男人性欲的行为正当化、制度化。男权社会的家长制由男人的血统和姓氏来维系。为了家族的繁荣昌盛和国家的繁荣昌盛，男人的性行为被视为正当化和制度化。男人中心主义的极端化表现就是妓院（日本叫游廓）制度。将女人视为满足男人性欲的工具，这就是妓女或者叫游女，妓女或者游女就是"慰安妇"的来源。日本的游廓最早于安土桃山时代丰臣秀吉（1585—1603年）统治下成立。伴随着自由民权运动兴起的女性解放运动促使明治政府于1872年颁布了艺伎娼妓解放令，但实际上得到废除的只有极少数，大部分游廓换汤不换药，照常营业。据神崎清的报告（"买春"1974），1946年1月24日，GHQ（联合国军总司令部）颁布废除公娼制度令，废除了316个妓院，1.0417名妓女。可是，1945年8月15日，日本宣布战败后的第四天，日本内务省警报局长桥本마사이用无线电发报给各厅部县长官设立"进驻军特殊慰安设施"的

命令。1945 年 8 月 26 日，得到警视厅批准的从业者用 1 亿日元成立了 RAA（特殊慰安妇设施协会），并于 27 日开业。发出"战后国家紧急设施招募新日本女性"的广告，录用了 1360 人。（神崎清 1974）1946 年 3 月 21 日，得知慰安妇的 90%、美国军人的 70% 得了性病后，GHQ 才赶忙禁止"美军官兵对日本妇女公然表达爱情"。在美国家庭学者베아테·시로타·골돈等的指导下，出台了女性参政的新选举法（1945 年 12 月）、男女平等教育法等。由此可以看出，日本政府解放女性的行为多么缺乏彻底的内部反省，只不过是迫于外界压力勉强而为之。战后的日本只有庞大的理论，缺少实践。正是战后的日本的社会环境培养出了桥本这样的家伙。

为了保护家门血统的纯洁性，女性要禁欲。因此，女性的身体分为生孩子的身体和满足性欲的身体二分化。无疑，前者是女人的本分，尽管得到了正当化、制度化，但是，妓女仍然卑贱，遭到歧视。因为，这有违儒家道德。妓女卑贱的身份和全社会对她们的歧视就是男人中心社会导致的恶果。也正因此，原"日军慰安妇"才不能勇敢作证，这也正是因为渗透到全社会的封建思想观念。因为大家对她们的轻蔑的眼神和非难会让她们再次受伤。

解放后被视为"日本人的破鞋"被游街示众的春子在来自韩国的"慰安妇问题对策协议会"成员面前不肯开口。这里的"破鞋"是什么意思呢？在汉语中，破鞋是男权社会对妓女的辱骂，也是对与多个男人发生性关系的侮辱性语言。据说这句话来源于女性的生殖器像鞋，还有说北京以前著名的八大胡同没有门牌，即没有官衙的许可，擅自挂上花鞋，接待男人，日积月累，新鞋变成了旧鞋。对女性侮辱的语言和表现在解放后还在公共场所使用，表明解放后，社会上依然存在男权社会的旧观念。

春子总算活了下来，不远万里回到母亲身边，但是，母亲的态度也是冷冷的。作者刻画了春子所遭受到的双重、三重灾难，作者并不仅仅局限于描写"日军慰安妇"的痛苦与日军的滔天罪行，而是向读者提出在"日军慰安妇"问题中，其本质是什么？

等到原"日军慰安妇"们开始作证的时候，已是"妓女"这一词汇成为讳语，上述的陈旧观念开始逐渐淡薄，将她们边缘化的制度上的、文化装置多少得到缓解，已经具备了可以保护原"日军慰安妇"的社会制度与文化背景。但是要作证就必须做好思想准备。性暴力的受害者"日军慰安妇"亲自作证，意味着什么呢？那就是不断将自身客体化、物质化的过程。在现实中，性暴力的受害者们往往会撤案。每次通过他者赤裸裸地公开性暴力的过程，她们就要不断通过自身的他者化和边缘化，经历自我的死亡。在其过程中，由于无法忍受，往往会出现撤案的情况。在这部小说中，被钟赫的母亲说服，春子勉强同意开口，可是坚决拒绝男性听众，连孙子钟赫也不行。"男人出去吧"，"你觉得我这个老太太应该在自己孙子面前赤身裸体地讲述那段痛苦的往事吗？"这是春子灵魂的呐喊。从现实存在的角度出发，可以说春子的羞耻心是作为女性的春子对男性的反应，通过羞耻心，反映了不仅作为一个人，同时作为一个女性，要经历的可能的死亡与对自身的根本存在的反思。对于这一部分，作者进行了着重描写。诚然，作者的意图在于日本帝国主义的滔天罪行不只停留于七十多年前对"日军慰安妇"肉体上的暴行，而且还在不断摧残着受害者女性的灵魂，未来仍将持续，从而揭示作证本身又将春子边缘化。

那么，将"日军慰安妇"刻画在文学作品里意味着什么呢？可行吗？

本世纪初，笔者在进行文学研究和博士研究的时候，"女流文学"这个词汇非常活跃，这表明近代文学是男性文学。所谓正统的文学史以男性文学为主轴，"女流文学"是边缘文学，以"此外"的形式一笔带过，不受重视。这也难怪，在近代，以知识男性为主形成了文学社团和各种流派。憧憬文学的女性也要成为知识男性的门人，才能得到推荐，在文学期刊上发表作品，成为作家。朝鲜半岛和中国的情况也类似。因此可以说，近代小说是根据男性的思维方式与逻辑体系形成的文学体裁，究其根源，就是男性中心思想。因此，即使是才女，女性文学也只能是边缘化。女性只有在发现属于女性固有的文体的时候，才能够真正拥有文学。在近代文学中，男性文学占压倒多数，因此，近代文学对于女性的身体描写数不胜数。

近代日本小说始于坪内逍遥将绘画理论引入到小说理论中的写实主义，因此从一开始为了确立近代自我，有着将世界客体化、他者功能的个人（男性）的眼睛。以反自然主义旗手夏目漱石的文学风靡日本的 20 世纪初，来到日本学习近代小说的鲁迅和李光洙为开拓者的中国近代文学和朝鲜近代文学也大抵如此。以男性的视角观察描写的女性既可以是美化的、神圣化的，也可以是丑化的、低下的。即便描写是为了妇女解放的革命性的，即便是为了表达摆脱压抑的解放的动力的性描写，但投影在其中的仍然是男性的爱好，是性欲望和观念。从结果来说，将女性视为在男性的创造力里，作为性消费的被动存在，客体化、他者化、物质化、边缘化。为此，女性作家们，尤其是战后的现代女性作家们似乎为了报复，用同样的方法描写男性。这就是文学中的 gender（社会性别）现象。

正因为有着设置在文学中的这种坚固装置，在小说中刻画"日军慰安妇"犹如走钢丝。弄不好就会将受害者女性置于现代男性欲望的支配下。因此，作者会不断被提问为什么刻画"日军慰安妇"？这个结果是与作者的创作意图无关的。

综上所述，小说《春子的南京》将真实虚构化，使形而下学成为形而上学，这是幸运的。小说中对女性的真实的身体描写与性描写既是现实存在，也是观念。作者想重现"日军慰安妇"事件，但不停留于此，叙述了这一事件对后人的认识过程。从七十多年前的现在此刻、即"此时""此地""这个"的再现，到根据七十多年后回忆出现的"那时""那里""那个"，以及回忆物质化的"当时""当地""那个"重新深入到并非当事人，而是后人（他者）的意识中。噩梦的历史不应重复。在"少爷"钟塔前冲锋的钟赫和春子期待只属于他们的这一瞬间"此刻"。他们要拥有面向崭新未来的"此刻""此地""这个"。笔者再三重复这一点，钟赫要独自拥抱属于춘자和はるこ，以及围绕在춘자和はるこ身边的一切，走向未来。这是钟赫（或者说是作者）辩证法哲学观的表现，也是人文思想的表现。作者想将现实的引入到意识领域中，以消除上述文学中的坚固装置。总而言之，最为关键的问题，对"日军慰安妇"的客体化、边缘化装置虽然得到解除，但在局部，留下了争论的余地。

这部作品无论谁来阅读都是男性文学。无论是はるこ的外貌，还是日本人"慰安妇"盐野等女性登场人物的身体描写，都能够感受到男性的眼光。这同时也是作者的眼光，相信会引起女性读者的兴趣。这不仅是对男性作家，同时也是给女性作家、整个文学领域留下的作业。无视男性性和女性性是极端的，也是不可能的。问题在于，如何克服上述弊端，来表现性差异。

第三只眼的暗示

这部小说中存在着不同立场带来的不同视点，即被害者的视点与加害者的视点，被害者的后人的视点与加害者后人的视点，以及全知全能的话者（作者）的视点、读者的视点、男性的视点和女性的视点等多角度视点。此外，小说中还有既非被害者的眼睛，也非加害者的眼睛，既非男性的眼睛，也非女性的眼睛的第三只眼睛。这里所说的"眼睛"是指看待历史和社会的历史观与世界观。这里的"第三只眼睛"指的是猫的眼睛。

从小说一开始登场的猫既在はるこ的爷爷身边，也在钟赫奶奶身边，在日军慰安所里也有。作者在第三部还专门开辟了一节"哭春的猫"，强调其存在。

原"日军慰安妇"春子的孙子钟赫在日本东京大学研究文学，博士论文选择了夏目漱石文学研究。一提到夏目漱石，大部分人首先会想到他的成名作《我是猫》。作品以没名没姓的公猫"吾辈"的眼睛，用讽刺和诙谐的手法，批判了人类社会。在《春子的南京》中，钟赫和はるこ也谈到了夏目漱石的这部小说。小说《我是猫》的模特为夏目漱石三十七岁那一年（1904 年）闯入他家的黑色毛的小猫。那只猫死于 1908 年 9 月 13 日，当时，夏目漱石向亲朋好友告知了猫的死讯。钟赫研究夏目漱石文学，其实是在暗示猫的视点。

接下来，让我们来了解话者与登场人物们的视点。

小说从はるこ从东京来到四国爱媛县松山市的爷爷家进行茶道开始。在这里，异文化中的登场人物和读者（除日本人以外的读者）的视线将彼此对象化，又分别对自身对象化。通过茶文化的传统与美学差异确认彼此是他者，从而让读者反思自己。

但是接下来，读者就会明白，尽管文化不同，但情感是一样的。孙女担心"爷爷"的身体健康，而"爷爷"宠爱孙女，这些都是人之常情。读者会立即将自身与登场人物的命运联系起来。读者会将自己的视线与"爷爷"的视线一致起来，通过他们的眼睛，看待事物，担心他们的命运。甚至在"爷爷"谩骂殴打自称是孙女恋人的钟赫，也会认为尽管有些怪癖，但出于对孙女的爱护，完全可以理解。这样，反倒是钟赫成为客体化。其次，小说从はるこ和"爷爷"的视点转向钟赫和"奶奶"的视点。不是对异文化，而是对在自文化中登场的人物，读者从一开始就融入自己。不只是"奶奶"，连在异文化中以异邦人登场客体化的钟赫也与はるこ换了个个儿，这次，はるこ成为异邦人登场，客体化。

这里也有一对彼此深爱的祖孙。读者可以站在钟赫和"奶奶"的视线，关注事件的进展。从人之常情来看，はるこ的立场不能背叛"爷爷"，而钟赫也不能背叛"奶奶"。就这样，紧紧依附在はるこ和"爷爷"、钟赫和"奶奶"身上的全知全能的话者又追溯到几十年前，紧紧依附在鹿沟人身上，叙述"目前现在"发生的噩梦般的惨案。首先聚焦被追赶的老顺，后来又聚焦此前发生的"水井嫂""村里人"，参加龙井集会的人们。以春子的出生为契机，话者的焦点从老顺转向春子。接下来，话者基本仅仅依附于春子，以现在进行时叙述一系列事件。站在春子和其他姐妹的立场上，揭露批判日军野兽般的滔天罪行。

此后，话者再次紧紧依附于七十年后现在的钟赫和はるこ。他们所能看到的就是保管在吉林省档案馆里的日本关东军文件和联合军留下的图片，以及保护文物慰安所建筑、设在侵华日军南京大屠杀遇难同胞纪念馆里的惨烈的造型等。他们无法看到春子和受害者见到的侵略者的滔天罪行，也无法经历受害者的痛苦。他们所能做的只是通过关注物体化的"这些"，将加害者的惨无人道的行径和受害者无法形容的痛苦观念化。而且将世人的目光聚焦于"此"。

随后，话者再次聚焦はるこ和"爷爷"。随着刻在烟袋锅子上的字迹的谜底被揭开，发现"爷爷"就是七十多年前的加害者。はる

こ和"爷爷"将彼此互相客体化、他者化。"爷爷"终于无视被害者的痛苦，高唱着侵略军军歌，还是以加害者的身份死去。面向这样的"爷爷"，读者也只能彻底将其他者化。

最后，话者再次仅仅依附于钟赫身上，进入到异文化中。与其说成"异文化"，不如说"加害者的文化"更为确切。钟赫将自己融入他文化中，实现主体化。钟赫用日本近代文学典型体裁俳句抓住因无法直面历史而想在爱情上逃跑的はるこ。钟赫在日本文化中获得了主体，在他的视线中，日本地方文化松山的传统文化客体化。

综上所述，全知全能的话者（作者）仅仅依附于各个登场人物，用他们的视线关注现实。此外还有将话者的视线对象化的"第三只眼睛"，那就是猫的视点。

はるこ的爷爷养着"白底黑色斑点，尾巴又短又粗，脑袋是三角形的，大耳朵"的本地产猫。はるこ想把恋人钟赫介绍给"爷爷"，但终究没有说出口，只是呆呆地盯着小猫的眼睛。这一瞬间，不适用人的眼睛，而是用猫的眼睛，登场人物对象化。不仅如此，面对小猫的眼睛进行类似体验的读者也被对象化。

就这样，从小说一开始，就有将登场人物和读者的视点对象化、客体化的另一视点。读者在阅读的时候，会时时刻刻意识到这超人类的"第三只眼睛"。小猫第二次登场是在钟赫领着はるこ去"奶奶"家。"全身发黑的小猫冲着钟赫叫道。仿佛这些小猫在替奶奶欢迎着客人们"。读者在此会联想到はるこ家的小猫。随着来自韩国的"慰安妇问题对策协议会"成员的出场，"奶奶"的"日军慰安妇"身份被揭露，出现了加害者日本帝国主义这一抽象的历史概念。随即，通过钟赫母亲说的"日本人最近都在做什么？揭示他们对慰安妇犯下的罪行，人人有责"来表明这并非过去的历史，而是现在进行中的事件。七十多年前，日本帝国主义侵略了包括中国和朝鲜在内的亚洲诸国，而在战败后，他们不仅没有赎罪，反而都不认罪，现在对"日本人"的看法和"爷爷"对はるこ和小猫的"宠溺的眼神"交织在一起。

在这里，小猫的"眼睛"揭示了相互对立的视点。其次，小猫第三次出场的地方是日军慰安所。在如同铁窗般密闭的空间里，只有加害者和受害者。春子被洪水猛兽般的鬼子蹂躏，连饭都吃不下。第三者小猫闯了进来。"小猫慢悠悠地踱进来，看着春子的脸色，扑向了食物，它吐着舌头风卷残云般地吃光了春子的食物。"在这里，小猫不管发生了多么可怕的事情，也不管自己要吃的是不是处于惨境的受害者的饭。在这里，小猫除了是事件当事人以外，还暗示第三者的存在。对事件的判决与对加害者的惩罚，以及对受害者的补偿往往由第三者来决定。可是，这第三者却是如此冷酷。看似不合理，这却是公正，绝不允许丝毫妥协的彻底的主观的第三视点。

此外还有小猫出场，是为了安慰"日军慰安妇"的灵魂。"奶奶"走后，屋子里空空如也，只剩下"奶奶"生前养着的小猫。同"松山爷爷养着的名品小猫'日本造'相比，这些小猫太过平常了。但是，这些普通的农家小猫，给人以亲和力。"不论是名品还是土种，这并非猫的本质，都是人类赋予的价值。贴在小猫身上的"日军慰安妇"的名字也是受害者对正义的希冀与呼吁，同时也是对正义终将胜利的确信。

小说在最后再次关照松山的小猫。看着紧紧依偎在中风病倒的"爷爷"身边的小猫，はるこ想起了"奶奶"的那些猫。这是相互对立的两个视点的高潮。将侵略战争看成"为了东洋和平的圣战的爷爷"的加害者视点和はるこ代替春子说的"将年轻的良家妇女掳去做随军慰安妇，杀害无辜的人们，怎么能说成是为了东洋和平"，受害者的视点在小说中首次正面交锋，矛盾达到了顶点。小猫将登场人物和读者对象化的功能、对立功能、冷静的第三者的主观功能、对正义的希冀功能同时在此发挥了作用。

那么，这第三者的视点究竟是谁的视点？那分明就是作者的视点。在这部小说中，话者仅仅依附于登场人物，叙述故事，由作为话者的作者的视点与将话者客体化的"第三只眼睛"的作者的视点来构成。时时刻刻用现在进行时反映现实的话者的叙述被"第三只眼睛"对象化。综上所述，第三者的视点既不是加害者的视点，也不是受害者的视点，既不是男性视点，也不是女性视点，是超越人类的冷峻的第三者的彻底主观。这究竟能否成为可能，我们不在此赘述。重要的是那是作者的憧憬。上面我们也提到过，那是为了解除近代小说中设置的坚固装置的钥匙。

结束语

本文从社会性别视点来分析了小说《春子的南京》。笔者想再次强调作为阅读小说的一种方法之一的社会性别视点。随着女权主义理论的多样化，对女性性也在重新定义。因为女人并不是个体。超越国家和民族、历史和政治，除了肉体的共同性以外，又该如何定义女性性呢？

作者在小说中刻画了诱骗年轻女性到日军慰安所的来路不明的女人。尽管可以把这视为对同性信任和放心的陷阱，但从中也可看出女权主义的种族主义。欧美女性曾经以奴役黑人女性和东南亚女性寻找优越感。原封不动地接纳女权主义的日本，也是如此。尤其是国家主义盛行，陷入国粹主义的战时，被洗脑，认为侵略战争是

"圣战"的日本妇女站在政府一方，组织"大日本国防妇人会"等团体（小说中写成"女子爱国服务队"的女性团体），帮助日军，在殖民地统治异民族，获得参加政治活动的权利，并且提高社会地位。日本人随军慰安妇盐野通过管理朝鲜女性，获得与慰安所负责人中村伸之同等的权力。如果说为了所谓的"圣战"，大家的作用各不相同，但是令人啼笑皆非的是，日本人随军慰安妇也被要求和日本军人具有同样的作为女性的自律。一直始终如一为日军服务的盐野在临死前告诉春子其实自己也是受害者。这符合战后对日本人慰安妇也是日本军国主义牺牲品的认识。

目前，日本安倍政权正在改宪，打算再度发动战争。安倍政权鼓励女性进军社会，目前，日本人口出生率低，高龄化严重，要想拉动经济增长，缺乏劳动力。安倍提出的口号是"女性照耀日本"，这不过是安倍为了维持政权的战略，但是，女性要想自立自强，就必须对改宪表示赞成。日本的创价学会和政治评论家认为，在日本，有不少女性对此认识不足。而且日本战后出生，学习歪曲的历史的一代根本不了解日本帝国主义犯下的滔天罪行，不了解"日军慰安妇"的痛苦，认为战争与己无关。笔者认为，这也是在前不久举行的参议院选举中，以安倍为首的自民党能够取胜的原因之一。

在这种情况下，写一部再现日本帝国主义滔天罪行和慰安妇疼痛的作品，刻画像はるこ这样的女性，具有现实意义。

慰安妇问题不只是历史政治问题，同样也是关乎社会性别的问题，也关乎性这一敏感的问题。因此，在小说中涉及慰安妇问题不能不说是一种大胆的挑战。这是作者对自身的挑战，也是对文学的挑战。祝贺金苹小说家又推出了一部力作。

（作者系京都佛教大学文学博士）

后记

尚未绽放的花朵与挽歌

几年前，在一个网站上看到了那幅油画。

是一位少女，穿着朝鲜族传统服装，上身是白色小衣服，下身是黑裙子，绾着发髻，花在环绕着少女纤弱的身体。仔细一看，是含苞待放的紫色和白色桔梗花。少女的表情欲说还休，眼泪似乎马上就要掉下来了，透着哀怨和思念。

虽说画得有些生涩，但是透着淡淡的哀愁，这幅画的名字是《花未盛开》。"日军慰安妇受害者 e‑历史馆"网站对这幅画进行了详细介绍，原来是日军慰安妇奶奶画的画。这幅画的作者是金顺德奶奶，悲伤地站在尚未绽放的花蕾之前的少女正是金奶奶本人。金奶奶 1921 年春天生于韩国庆尚北道宜宁，因为家徒四壁，听说招女工，就去了，结果被日本人骗走，抵达中国的南京。在那里，她沦为"性奴"，每天要接待几十个军人，过着地狱般的日子，被剥夺了青春。

作为美术疗法的一环，金顺德奶奶画的这幅画在韩国和日本、美国、加拿大等国展出，还送给了教皇方济各，为向世人宣告日本帝国主义的滔天罪行发挥了重要作用。

过去十几年来，同几位关心朝鲜族历史的志同道合的人一起踏查了作为民族历史见证的遗址。有一次，我们前往爆发了庚申年大惨案的鹿沟。

鹿沟位于龙井东南，行程将近五个小时，攀了几十里山路，一行人抵达了目的地。在那里，我们拜谒了死难者墓地，打算返回。有人脚上起了水泡，瘫坐在那里。后来，我们拉住路过的农民，再三请求，并且付了钱，坐上他的耕耘机，才得以返回。

那一天，我们切实了解到了日本帝国主义犯下的滔天罪行。日本帝国主义烧毁了民居和教会，杀了所有的男人，这还嫌不够，他们还将女人含泪埋下的尸体重新挖出来销毁，实施了"双重屠杀"。

踏查结束后，脚疼依然折磨了我好几天。更让我揪心的是，日本帝国主义在鹿沟犯下的滔天罪行。

到鹿沟实地踏查的几年前，一部纪实作品让我受到了强烈的冲击。

笔者在写小说的同时，在媒体做过二十多年记者，深知纪实作品所具有的魅力。笔者也被纪实文学的魅力所折服，出版过畅销书长篇纪实文学《天国无梦》，在朝鲜族社会引起了强烈反响。由于对这一题材感兴趣，只要是纪实文学作品集，不只通读，而且还会关注其创作者。

有一位叫张纯如的纪实文学作家，是美籍华人，同时也是历史学家，以纪实文学《南京大屠杀》而闻名。但是，她本着良知写出来的作品却受到日本极右翼势力的不满，不断遭到威胁，饱受精神痛苦，于2004年，用一支手枪自杀。

出于对这位作家的好奇，我网购了这位作家的成名作、长篇纪实文学《南京大屠杀》。

这是反映 1937 年冬天，日军在南京犯下的前所未有的大屠杀滔天罪行的报告。通过各种记录和对幸存者的网上资料查找，详细描述了日军犯下的反人类的滔天罪行，如同在读恐怖小说。作者本着牺牲者中国人的观点，站在欧美的视角，多角度地叙述了南京大屠杀，也如实反映了日本企图掩盖南京大屠杀历史罪行。

读着厚厚的大部头作品，笔者仿佛得了伤寒，这也是在我的阅读履历中不多见的战栗经历。

此后，在收看 CCTV《新闻联播》时，我又有了类似经历。

新闻报道关于吉林省档案局公开收藏的日本关东军的 10 万件文件资料。

新闻报道说，南京大屠杀期间，"南京有 36 名朝鲜人慰安妇"，"每个人在 10 天里，接待了 267 个日本士兵"。

2014 年秋天，我去看了南京大屠杀纪念馆。此行，我自掏腰包，就是为了去看南京大屠杀纪念馆。

在南京站乘坐地铁，候车室指示牌和地铁入口的荧光板以及马路上，都有着明显的标记，告诉大家如何去往"侵华日军南京大屠杀遇难同胞纪念馆"。

从纪念馆入口到内部，都刻着大大的"300000"的数字，强烈地刺激着我的视网膜。这是当时被日军杀戮的中国人的数字。

展出的万余幅资料如实反映了进行"100 人杀人竞争"的日军军官、被砍掉的中国人的头颅和胳膊腿、以活人为靶子、枪刺活埋的情形……反映日军极度残忍的万余幅资料展现在纪念馆里，纪念馆里气氛肃穆，不时会传来啜泣声。

1937 年 12 月 13 日，古都南京落入日军魔爪。南京沦陷以后，日军在一个多月的时间里，肆意杀戮赤手空拳的市民。不分男女老幼，肆意拷问、强奸、活埋，惨无人道，惨绝人寰。

日军南京大屠杀是仅次于纳粹屠杀犹太人的世界史上的惨剧。在人类历史上，在如此短的时间内，实施无差别式杀戮战的例子从未有过。从短期内在一座城市犯下的滔天罪行来说，南京大屠杀甚于纳粹屠杀。

在展览结束的出口，有一个小空间里，每隔 12 秒，水珠就会滴落，这是表明当时南京大屠杀的时候，每隔 12 秒，就有一个人被杀害。笔者一一数着那令人窒息的水声，又一次感到了灵魂的战栗。

战后的 1946 年，在南京军事法庭上，南京大屠杀是明确得到确认的惨案。而且，南京大屠杀的战犯通过南京军事法庭和东京的远东军事法庭被处以极刑。但是在日本，只有部分有良知的人认可这一事实，大多数人公然否认，还胡说什么"这是中国人的幻想"，"从未有过屠杀"。极右翼势力中，甚至还有日本著名的小说家，同样也否认强征慰安妇这一事实。

几十年前，我们的奶奶一辈不幸沦为日军滔天罪行的牺牲品。几十万的年幼花朵被日军强行带走，惨遭蹂躏。

慰安妇赔偿问题从 1992 年开始提出，韩国牵头，得到了东南亚等国的响应，但是尽管已经过去二十多年，日本政府仍然无视于此。他们公然说什么"慰安妇是自发的性买卖"，进行狡辩。

日本政府继否认南京大屠杀后，还厚颜无耻地狡辩。这其中居然还有日本著名的畅销书女作家。作为小说家同行，为她歪曲历史的逆行感到深深的遗憾，并且为此在刊物上发表过杂文。

也许正因"歪曲历史，意图摆脱世界道义审判的日本人的团体记忆丧失症"，反倒唤起了我创作的冲动。

在荣辱相伴的南京，这座曾经饱受屈辱的土地，我感受到了各种身心疼痛同时袭来。

鹿沟惨案、南京大屠杀以及慰安妇幸存者画的画……这些不同场所，不同的人被同一个人将他们的受难经历串起来，让我的心发疼。猛然间，我醒悟到这些疼痛都是同质性的。

当天坐在从南京返回来的高铁上，我再次决心要把这些疼痛，为了那些尚未绽放的花朵叙述下来。我也考虑该如何写。一直以来徘徊在脑海里的想法再次涌现出来，形成了模糊的框架。

回到家里翻看书柜，发现我收藏的作品中有关慰安妇的寥寥无几。下功夫搜索网站，发现有关慰安妇素材的作品也是寥若晨星。虽说相关报告和纪实文学、论文为数不少，但是艺术进行再现的很少。虽说有一些影视作品，但是，小说尤其少。

其中，也有一些违背慰安妇奶奶初衷，以她们经历的苦难为噱头的作品。日军慰安妇奶奶们是朝鲜族现代史的牺牲品，是告诉人们战争中的人权是如何被践踏的活的证人。但是，一些作品不尊重慰安妇奶奶，侮辱她们的身体，不仅不能观照历史，反而再度伤害了本已伤痕累累的慰安妇奶奶们。忘记慰安妇奶奶所经历的历史痛苦，再度伤害她们的现实令人羞愧。

其中，朝鲜族作家的小说作品更加少之又少，反倒是有几部日本和美国创作的作品，良莠不齐，少有佳作。中国和朝鲜族作家这方面的小说作品几乎没有。

我们的作家已经太过理性，麻痹了，而读者群也是少之又少。

尽管如此，这十几年里，我也翻看无数相关小说、人物传记、杂文、随笔，观照历史。近来，这种孤独的作业成为我创作和生活的主旋律，成为我的信仰。在我创作了五部长篇小说后，在对下一部题材进行深思熟虑后，毅然选择慰安妇和南京大屠杀题材作为第六部长篇小说的题材。因为在这历史大事件的边缘，就有发生在我们身边的鹿沟惨案。

这部小说并不仅仅源于想象，而是依托幸存者的陈述、对于相关事件的记录、纪实文学等资料，意图反映历史的真实与疼痛。

我写这部作品，并不仅仅描述慰安妇的不堪经历，而是通过她们的经历，让世人知道她们所遭受的前所未有的伤害，引发人们的共鸣、反省、救赎。

2015年，《春子的南京》在《延边文学》连载了一年。

同我惯有的创作习惯一样，我不是连载创作好的作品，而是写一篇连载一篇，十分感谢编辑。由于这是中国和朝鲜半岛、日本列岛关注的热点，是沉甸甸的题材，因此真正创作起来，我是付出了很大功夫的。

其间，在仅有的50多名慰安妇幸存者中，又有5人含恨离世。每当听到慰安妇奶奶离世的消息，我就觉得受到召唤，坐到电脑前，轻轻地敲打键盘，进行创作。

我在博客里上传了一些篇章，没想到读者反应良好，也有海外读者写来读后感。正因为有了这种支持，连载才成为可能。

今天，小说终于付梓出版了。

首先要感谢京都佛教大学的筱村理惠博士。筱村理惠女士来延边研究尹东柱的时候，得知笔者的《春子的南京》中有大量日语对话，均一一进行校正，并且为在日本来说无异于是"烫手山芋"的慰安妇题材作品，写了学术性的深度评论。

我也想借此机会，感谢牺牲节假日，一起前往历史遗址踏查的同仁们。

在创作过程中，我通读了成堆的资料和相关研究著作，那些真实珍贵的资料成为我小说的框架。请恕我无法一一列举，其中包括朝鲜族学者金成浩的报告文学《从军慰安妇》（黑龙江朝鲜民族出版社 1999 年)、江勇权的游记《被拉去的人们》《被抢去的人们》和千田夏光的《随军慰安妇》(湖南人民出版社 1988 年)、澳大利亚扬·鲁夫 – 奥赫恩的《沉默 50 年：一位原 "慰安妇" 的自述》(重庆出版社 2015 年)、石川伊津子的《成为日军慰安妇的少女们》(三千里 2014 年)、丹尼尔崔的《我是朝鲜的姑娘——用眼泪书写的挺身队慰安妇故事》(幸福井 2006 年) 等研究著作对我的小说创作帮助尤其大，在此，谨向这些相关研究学者致以由衷的感谢。

其次，笔者认为，我的长篇小说会成为历史长河中民族人类史的重要一笔。对于荣辱与共、遗憾和希望并存的历史，笔者既没有轻飘飘地一笔带过，也没有夸张，这种使命感和坚定的意志品质成为我创作的不竭动力。

这部作品连载不久，居住在黑龙江省东宁县的朝鲜族慰安妇李秀丹奶奶去世。将这部作品作为对在历史的旋涡中，被残忍的战争席卷，成为 "尚未绽放的花蕾" 的万福奶奶们的挽歌。

2016 年 8 月 15 日，写于 "清雨斋"

图书在版编目（CIP）数据

春子的南京 / 金革 著；靳煜译. -- 北京：作家出版社，
2018.11

（中国少数民族文学发展工程·民译汉专项）

ISBN 978-7-5212-0293-9

Ⅰ. ①春… Ⅱ. ①金… ②靳… Ⅲ. ①长篇小说 – 中国 –
当代 Ⅳ. ①I247.5

中国版本图书馆 CIP 数据核字（2018）第 265648 号

春子的南京

作　　者：金　革
译　　者：靳　煜
责任编辑：史佳丽　李亚梓
装帧设计：薛　怡
出版发行：作家出版社
社　　址：北京农展馆南里 10 号　　　邮　　编：100125
电话传真：86-10-65067186（发行中心及邮购部）
　　　　　86-10-65004079（总编室）
E-mail:zuojia@zuojia.net.cn
http://www.haozuojia.com（作家在线）
印　　刷：北京玺诚印务有限公司
成品尺寸：170×240
字　　数：197 千
印　　张：16
版　　次：2019 年 1 月第 1 版
印　　次：2019 年 1 月第 1 次印刷
ISBN 978-7-5212-0293-9
定　　价：36.00 元